赵挺 ✕ 著

晃荡光年

HUANG
DANG
GUANG
NIAN

宁波出版社

目 录

引 言 / 001

第一章 / 005

第二章 / 014

第三章 / 023

第四章 / 032

第五章 / 044

第六章 / 059

第七章 / 069

第八章 / 077

第九章 / 089

第十章 / 098

第十一章 / 108
第十二章 / 116
第十三章 / 123
第十四章 / 132
第十五章 / 140
第十六章 / 149
第十七章 / 160
第十八章 / 169
第十九章 / 177
第二十章 / 183

第二十一章 / 187
第二十二章 / 192
第二十三章 / 199
第二十四章 / 207
第二十五章 / 219
第二十六章 / 225

引　言

我一直期待着燥热夏天的过去，能在秋天的时候和女朋友走在学校铺满落叶的小道上，为这所崭新的学校的浪漫史做出一点微薄的贡献。整个夏天，我就这点理想。

但是理想总归很难实现，在秋天还未到来的时候，我便选择从这所三流大专里出来了。

我在望西这条街上一直混得很悲惨，以至于我进了和我一样悲惨的学校。这学校很新，证明没有历史。美女很多，证明很不朴素。分数很低，证明档次不够。社团很多，证明学生空虚无聊。假如我们不去想这么多的"证明"，那这学校其实也不悲惨。

我之前学的是日语专业，从小到大想学这个专业的原因依次是：10岁时为了冒充鬼子打鬼子，15岁时为了看动漫方便，20岁时为了看日剧方便，25岁时为了找好工作方便，30岁时觉得这根本就没用。因为打鬼子、看动漫、看日剧、找好工作，不用学日语照样可以。

庆幸的是我一进这个学校就有了30岁的觉悟，觉得学这个根本没用，于是经常逃课，逃得同学和老师都觉得我这张脸比较陌生。

这是我在这个学校里唯一做得很有境界的一件事情。

我对这所学校的全部印象是两个人。一个是文学社社长艾森，我能记住他是因为我以为他叫艾弗森。另一个是我交了没几天的女朋友，这妞为了显示洋气一直让我叫她英文名，为了保持神秘说在她生日那天告诉我中文名。可惜的是没等到她生日，我们就结束了，我只能称她为A同学，至少我们相遇过。

因为我加入过文学社，所以我从学校出来的时候艾森就像我要去赴死一样，说一定要送我。

我说："你送我什么？"

他说："没东西好送，就送你到学校后门……"

关于艾森，我更多的是记住了他的名字，而不是他这个人。艾森和我走在学校路边的小路上时，旁边突然气势汹汹地冲出来三个人。由于有艾森这个校园诗人这么伟大的精神力量存在，我也就没害怕。我为了显示气概，挡在艾森面前说："你们想干吗？"

这时艾森对着我说了一句："你上，你是我见过最厉害的人。"

但是一回头，我已经看不见艾森的影子了。等我把头扭过来的时候，其中一人说，我让你泡某某某！这应该是指A同学。结果我被揍了一顿。

我就是在这个夏末离开了这所大专，从军训开始，我一共待了一个月。任何大学都像一个大杂烩，大家混吃混住在一个大圈子里，任何事情的发生你都别太当真,譬如"我爱你""永远在一起"之类的话,要明白能说中文的都可以说这话。

我一个人沿着路走了很久,发现虽然从这学校出来了,但我还是活在望西街里。望西街的基本格局是,以这所三流大专为起点,经过复旦高中,便是一片店铺和居民楼,那里发生着很多五光十色和灰不溜秋的事情。

我躺在老文的床上,以思考远大理想的姿势面朝着天花板。

老文面朝电脑对着话筒左一个"亲爱的"右一个"亲爱的"之后,说:"晚上吃什么?"

我说:"老文,你说话太没新意了,怎么说来说去就这一句?"

老文说:"吃什么,晚上?"

老文比我大四年,算是复旦中学毕业后还算体面的一位,上了二本,四年之后正儿八经工作了一段时间就正儿八经地干起了自由职业。一切有关自由的东西他都干,除了杀人放火抢劫。老文曾经是望西街"和平自由协会会长",俗称保安队队长,就是每天晚上戴着红袖章开着电瓶车维护望西街的和平与自由的人。后来组织上发现老文这人只追求自由,不维护和平,所以就和平解雇了老文。

"其实原则上你应该是,崇拜淳朴,爱好温暖,喜欢知识,相信爱情,主张进取,讲究格调,遵守规则,追崇智慧,担负责任,内心成熟……的这么一个人。"

老文快断气似的说完原则上的我,意思就是把上面这些反过来就是现在的我,因为这是"原则上"的事情。原则上我上不了大学我爸就要把我打死,但我现在还活着,我活着是因为我爸破坏了原则把我送进了一所三流大专。

现在我虽然出来了,但是我爸一定要让我去参加自考,并且每天按时去参加补习班,补习班的地点还是在那所三流大专里。人这辈子最大的悲哀就是,你永远也跳不出一个圈子。

但是这个时候,我已经跟着老文混了,老文干什么我就干什么。当然后来我发现,我干什么,老文也干什么。毕竟我们无组织无单位,不用谁领导谁。

这条街上很多人对我嗤之以鼻,而老文上过大学,算个知识分子,可是现在我们在一条船上。有个叫王素珍的更年期女人和我说过,你有点改邪归正了。我不明白的是,为什么我和老文混在一起就是我改邪归正了,而不是老文堕落了。

就这样,我期待已久的秋天终于来临,这一个月的时间里,我还是每天去那个大专,但是只去过一次补习班。一大帮男女青年混在一起的地方,总归有很多事情蠢蠢欲动,我突然发现这种如火如荼的大学生活无比适合我这样的人,除了认真上课以外。

我的一部分青春就在这种不伦不类的角色里,在这落叶满地的季节里,开始像野草一般生长。这种生长疯狂而又安静,充满理想而又无所事事。

第一章

我闲得发慌,于是准备去补习班上课。这所学校太没历史了,连树苗都一副未发育的样子,所以根本就没有想象中那种落叶萧瑟的感觉。老文说我看起来还是一个学生的样子,但是更年期女人王素珍说我看起来是个流氓的样子,这证明这年头学生和流氓是一个样子的。

我穿越大半个校园,进了最北的一幢教学楼。正在补习班上课的那个中年男子声音如雷,搞得下面听课的人巴不得交钱就逃。从艺术的角度来说,这家伙上课和刘欢唱《好汉歌》属于同一种风格。

我在外面徘徊了一阵子,其间艾森发来短信:有空请你吃饭,我当学生会主席了。我看到这条短信的第一反应是:去你妈的。要不是艾弗森,我肯定忘记艾森这个人了,而他把我送到学校后门以后我就对他没了好感,现在他当了学生会主席我更懒得理他。我估计这条短信是群发的,艾森作为领导,传达的核心内容不是有空请我们吃饭,而是他当选为学生会主席了,并且深层含义是我们有空要请他吃饭。

这个时候,那个讲课的大汉走到教室门口问:"你找谁?"

我突然发现我确实有大半个月没来上课了,于是说:"来上课的。"

大汉上上下下把我打量了一番后说:"叫什么名字?新来的?"

我看了看里面年龄参差不齐的男男女女,突然就没兴趣上课了。我说:"这是北京大学吗?"

大汉边关门边说:"不,同学,你找错地方了。"

然后在里面边讲课边看我,好像在唱奥运会主题曲,油和米……油和米来自同一个世界,但有着不同的梦想。

我又穿越大半个校园走出学校大门,回到住所。很多时候我就是这样无所事事,这个时候我总考虑做点什么,小学生在做游戏,中学生在做作业,大学生在做爱,领导在做报告,而我只能坐在家里。

现在我和老文住在一起,一回到家我就打开电脑,QQ空间博客校内MSN等都浏览了一遍。呸,这个世界没风格。当我在电脑上写下这句话的时候,老文晒在外面的内裤飘落到了一楼。老文看着我说,风还是有的。我趴在窗口看那条像死了一样的内裤恍然大悟,风是有的,风格的确是没的。

此时正好是下午四点,阳光正照进我们的屋子,我以无比小资的情调写着小说和歌曲。很多时候我把这一切当作我所有的梦想,梦想的意思就是做梦的时候想想,是现实的反义词。这个东西的逻辑本身就是,太美好以至于遥不可及,从而变得不着边际,最后得以狗屁不值。

我昨天答应了李百威今天冒充他哥去代开家长会,我不觉得这个做法有多么恶俗，只是觉得成绩考差了找个人去代开家长会这种做法太没创意了。我一直不相信老师会这么傻，但是李百威告诉我，别顾虑老师的辨别能力，要相信自己的装逼实力。

他刚发来短信说我可以准备过去了。于是我拿出老文的西装穿上，然后把一只地摊货耐克包反着拿，它看起来就像只公文包。这时他发来短信说，最好戴副眼镜，装得斯文点。

我问老文："有没有眼镜？"

老文说："从来不戴眼镜的。"

我说："随便什么镜，老花镜也可以。"

老文找了一会儿说："望远镜可以不？"

我咽了咽口水说："行了，我出去了。"

李百威所在的复旦中学也是我的母校，我是今年六月刚毕业的，第一次回母校是九月，是爬墙进去给李百威送汉堡，没想到第二次是开家长会去。我始终担心的是哪个老师会认出我来，然后把我拉进办公室问我：当爹啦？

李百威看见我的时候说："行，这模样还行，眼镜呢？"

于是我掏出一副墨镜戴上。

李百威忙扶着我说："哥们，是让你冒充老哥，不是冒充老大。"然后嘱托我说："记住了，千万别和我班主任多废话，要沉着，要冷静，说话时眼睛要看着她，说完后马上撤退，夜长梦多。"

我气定神闲地走进了教室，熬了一个多小时，会后被老师留下来讨论李百威的学习问题。讨论完之后我出来，李百威说，可以的，装得很像。话音刚落，他们班主任就在里面对着他叫：你给我进来。我听见第一句是：这人你哪里找来的？那个时候我恨不得爬墙就逃。

我走的时候发了条短信给他：我始终适应不了别人给我的角色，我只能演我自己。

等我绕着学校走了一圈，李百威发来短信：没事的，班主任说你还是装得挺像的，算是她见过的装得最成功的一位了。

我回道：她怎么看出来的？

他回道：她发现你专心看我成绩单时，一直是倒着拿的。

我回道：哥们，对不住了。

他回道：顺便让我转告你，不上中央戏剧学院可惜了。

我回道：别扯了，我回去了。

复旦中学经常发生一些鸡飞狗跳的事情，之前学生总是拉帮结派，高三有黑色军团，高二有野狼帮，高一由于诸侯太多被称为春秋时期。现在的高中生据说已经进步了，再也不搞这种幼稚的东西了，因为大家觉得无组织无纪律才是王道。

之前他们都觉得我上完高中就完蛋了，勉强进入三流大专之后，他们觉得我真的完蛋了，我退学之后，他们觉得我彻底完蛋了。我一直这么觉得，假如我考上了北大，那么他们肯定会认为北大完蛋了。按照这样的逻辑，我总希望在望西街能当个街道主任什么的，这样他们就全部完蛋了。

我骑着破车回来的时候，听见十米远处有人喊："骑这么快，想吓死人啊！"

不用看脸，我一听这声音就知道是保罗大妈。我之所以叫她保罗大妈是因为NBA有个球星叫克里斯·保罗，众所周知，作为黄蜂队的当家后卫,他的皮肤黝黑,双目滚圆,并且有专家研究过,他的臀部极其发达,而在我看来保罗人妈都符合这些特点。其实我一直认为克里斯·保罗很帅,但坏就坏在这种帅移植到了一个中国女人身上。这个女人四十岁不到,却直接越过"大姨妈"跨入"大妈"级别,进化速度之快令达尔文也瞠目结舌。

在我骑过她身边的时候,她看着我说:"这样子骑车,撞到人家要命啦。"按照保罗大妈的意思,下次我得翻个身,把手放在踏板上,脚放到把手上,然后再装个马达。因为我每次正常骑车,保罗大妈都会大惊小怪地说我这样子骑车会要命的。

保罗大妈最让我受不了的是,她说我调戏她女儿。原因是有一次她女儿走在我前面,她说我跟踪她女儿,后来我看见她女儿就马上跑上去走在她前面,结果她说我勾引她女儿。我觉得这是对我最大的污蔑,因为她女儿发育得和保罗大妈很像,这简直是在怀疑我的审美能力。我一直觉得,有男人想调戏女人,至少证明这个女人长得还算有被调戏的资本,也就是说保罗大妈一直想证明她女儿有被男人调戏的资本,问题是她女儿的长相还完全处在"社会主义初级阶段",谈不上什么资本。

我曾经对保罗大妈说,我不喜欢你女儿的。

这个时候保罗大妈翘起了眉毛。

我马上改口说,你女儿不喜欢我的。

保罗大妈翘起了嘴巴。

我只好说,我配不上你女儿的。

保罗大妈恨不得翘起尾巴。

我放好车，冲上楼，一进门就看见马子和老文坐在一起。马子一见到我就说："赵少，我那两个朋友从国外回来了。"

马子知道我和老文在写作后，就和我说过，他在国外有两个朋友，一个是搞文化产业的，一个是搞艺术策划的，说现在想来国内搞个文化公司，到时候让我和老文过去，大家一起合作。

马子看了看时间说："我先下去接那个艺术策划，大家碰一个头。"

我看着老文说："马子说什么？"

"碰你个头。"老文边说边取出一碗方便面慢悠悠地说，"马子一直在，害得我把这方便面藏了这么久，我都不好意思拿出来，你知道只有这一碗方便面了……"

没想到三分钟后马子就和那个艺术策划进门了，然而老文的方便面都还没泡熟。马子带来的艺术策划，把自己策划得相当艺术——凌乱的长发，但自然；瘦削的脸庞，但俊俏；皱巴巴的外套，但沧桑；破旧的牛仔裤，但个性；单薄的身材，但有型。

那艺术策划坐下之后盯着我的电脑说："这个是什么东西？"

我说："笔记本。"

马子抽了口烟说："你傻啊，人家问的是这个。"说着拿起那只电视遥控器。

老文说："电视遥控器。"

马子环顾了一圈后说："电视在哪里？"

电视前几天已经被我和老文卖给一位大爷了，后来才发现遥控器忘记给人家了。我和老文觉得，那个大爷打开电视之后说的最多的话就是，你大爷的！

老文说:"卖了。"

听了老文的话,那个艺术策划说:"你是锅宁才,说明你是性情中宁,而且还可以控制电视。"

老文愣了半天,终于明白什么意思之后说:"这个电视已经控制不了了。"估计他心里还在想,国外就是牛逼,电视都卖到了千里之外,留着遥控器竟然还可以控制。

接下来马子就向我们介绍了一些文化公司的事情,然后说过几天再通知我们。等到老文那碗方便面差不多彻底泡干之后,马子和那个艺术策划终于起身告辞,临走时马子突然说:"哦,对了,他姓朱,你们以后可以叫他朱策划。"

马子和朱策划刚走了半截楼梯,保罗大妈就冲了上来说:"那条三角短裤是不是你们的啦?啊?你们每天这么多短裤啊?"

我回头看了看老文,老文突然反应过来,说:"我以为那条内裤是你的。"说完就冲了出去,然后保罗大妈紧随其后,边走边叫:"三角短裤都掉到我家院子里,你们这人啊——啊——啊——"

就在保罗大妈一路高歌猛进的时候,宣琳突然打来电话。宣琳是我的女朋友,生在上海,长在上海,现在在复旦大学读书,这么看来我和她不是一个世界的人,但事实是我们就是恋爱了,并且是异地恋,这种结合,就像人饿了要吃饭那样没理由。

我说:"喂……"

她说:"喂你个头,短信干吗不回?"

我说:"刚才在外面,没看见,上海还好吧?"

她说:"上海还没沉没,上海很好。"

我突然发现我被保罗大妈嚷得有点脑子缺氧,于是说:"那你呢?还好吧。"

她说:"很好,和上海一样好。"

我说:"那好吧,我们不浪费话费了,网上聊吧。"

她说:"好吧,晚上聊吧。"

前鼻音和后鼻音的差异就在这里体现出来了,我一直在网上等她到晚上。这期间我和老文一直在讨论马子、朱策划以及他们的文化公司。

我说:"马子到底要搞什么?"

老文看着那碗方便面,以无比惋惜的口吻说:"管他搞什么,他搞什么我们干什么。"

我说:"你说这朱策划是不是很有个性?"

然后我们就在一起讨论这人到底是从哪个国家回来的,经过一系列的观察对比和分析,我和老文一致断定,这朱策划很可能刚从埃塞俄比亚回来。起初我们以为这家伙见识很广,用过的先进东西很多,现在发现那家伙说的很多东西都是目前地球上没有出现的,譬如他以为遥控器可以任意控制在任何地方的电视,甚至还指着我的笔记本电脑说这东西他也用过。刚开始我还以为外国人已经不用笔记本了,现在顿悟,其实很多外国人还没用过笔记本,譬如很多非洲兄弟。

现在我正在写我的长篇小说《安静的疯子》,老文在写他的长篇小说《蓝色的爱着的我的你》。我对老文说,你这书名一听就是智商二十的人想出来的。老文说,现在的人写的书太俗了,都是用负二十的智商写出正二百五的文字,还他妈的作家。

除此之外，我和老文还在帮政府部门写一个关于几个领导的报告文学。这个报告文学是市委找了宣传部，宣传部找了文联，文联找了作协，作协找了作家，作家又找了朋友，朋友又找到了我和老文。我和老文也想找人，老文说，找小姐吧。

这个时候我和老文的键盘就噼噼啪啪响了起来。

有一天世界总会变化的，变成我想要的风格。

我想这句话的时候刚好和宣琳说了晚安，然后在这一天晚上打开所有的灯——后来才发现我的住所就一盏灯。我开始对着电脑写我的小说，写我的歌。

老文被我搞得睡不着，于是告诉我：

总有一天你会变化的，变成和这个世界一样的风格。

我说，这个世界没风格。

第二章

我们争取三天之内把报告文学写完,当我和老文对着电脑像和尚打坐那样苦思冥想的时候,阿叉在QQ上发来一句:什么时候请我吃饭?

我回道:等我拿了稿费。

阿叉问:什么时候拿稿费?

我回道:等这几天写完,具体得看市委的决定。

阿叉发来一个惊讶的表情,外加一句:你都已经写到市委去啦。

我回道:别烦。

阿叉没半点反应了。阿叉和我上的是同一所大专,刚进大学,大家的志向都差不多,男的想找个女朋友,女的想找个男朋友。也正因为这样,校园里面才有杀气、生机、浪漫、动力、和谐等等。这也证明造物主是明智的,造了一个太阳就应该有一个月亮,造了一个亚当,不惜抽下一条肋骨造一个夏娃,不然的话《圣经》也就很难写下去了。

刚进学校的那段时间,阿叉也是和女朋友谈得不亦乐乎,不过后来女友问他,你除了我还喜欢别人吗?阿叉斩钉截铁地回答,没有了!可是他女朋友却说,我有……阿叉差点泪流满面。阿叉陷入失恋旋涡的一个明显特征就是隔三岔五地问我一个问题:什么时候请我吃饭?我差不多都快把这个问题当作阿叉对我的问候语了。

我和老文连着熬了三天,终于将十万字的报告文学完成了。由我把稿子交给了作家的朋友平哥,平哥快速浏览了十几秒之后说:"哦哟,垃圾垃圾,不过没事,我给胡作家去看看。"

胡作家看过之后对我说:"其实这个我们得抓住精神特色来写,每个部门的领导都有每个部门领导的独特之处,他们的业绩是吧,他们的工作是吧,他们的为人是吧,这个都要大范围地去捕捉,要大面积地去展开,要大手笔地去渲染,这个……具体我先拿上去给领导看看。"胡作家说这话的时候肢体语言很丰富,每次说到"大"字的时候,双手就像大鹏展翅。而且此人普通话不标准,具体的以第一句为例,他是这么说的:"其死这果鹅们跌扎祝精僧特射来写,买果菩门跌领导肚育买果菩门领导跌涂特吃醋……"胡作家所有的话都是需要我现场翻译一下的,不然只有他自己听得懂。

再上一级的人我就见不到了,所以只得回来和老文静候佳音。

我和老文用最后一点钱在一个破快餐店里吃饭时,平哥来短信说,稿费发了,你过来拿一下吧。我立刻放下筷子冲了出去,害得老板也跟着我冲了出来,结果发现老文还坐在那里就又回去了。

我兴冲冲地见到平哥,平哥拿着装着钱的信封说:"一万块钱,你们这稿子是写得很烂,要不是这次时间来不及了,你们肯定过不了关。"平哥又以过来人的身份,以此为契机教育了我几句:"小伙子做每件事情都要好好做,不要想这想那的,要踏踏实实一步一步来。"

看在钱的分上,我连连点头说:"是是是,知道了。"

平哥还吊我胃口似的又把信封一晃说:"年轻人不要好高骛远,让你做什么就做什么。"

我的头跟着平哥的信封晃了晃说:"知道了,真的知道了。"

我道了谢拿了钱就飞奔出来,还隐隐约约听见平哥的声音:"书出来了给你们样书,有机会给你们署名啊。"我想,这话就说明了一定是没机会的。

有时候我觉得这个世界有点俗气。我不知道是这个世界和我一样俗,还是我和这个世界一样俗,总之我越来越感觉到,一万句真理都顶不过一个硬币。

我和老文每个人各五千稿费,我自己吃了一顿饭洗了个澡准备和宣琳打个电话,然后去上海看她。这个时候阿叉打电话问我,市委决定了没有,我掩饰住内心的激动,用无比哀伤的口吻说,市委还没决定。

阿叉停顿了一下说:"晚上,我请你们唱歌,你叫几个人过来。"

我说:"不了,我去上海了。"

阿叉说:"是兄弟不?"

我盛情难却,只好叫了李百威、老文和乐珊,这期间马子打电话说晚上要来看看我和老文,得知我要去唱歌时,马子说,那我也去。我一直不知道马子原来还会唱歌。

我和老文去的时候，阿叉一个人在那边拿着话筒唱《单身情歌》，唱得像单身哀歌。过了一分钟，乐珊和李百威陆续到达。阿叉一直点那种伤心欲绝的歌曲，我突然发现这氛围有点凄凉，好像我们大家今晚都是来看阿叉失恋的。

这个时候马子到了，我拿着话筒说："马子你迟到了，罚唱一首吧。"

阿叉说："不，我先来唱。"

阿叉点了一首苏永康的《爱一个人好难》，唱了一半好不容易唱到调子上的时候，却开始对着乐珊："……你怕属于我们的船，漂漂荡荡靠不了岸……"

我对着老文说："他这是什么意思？"

老文说："意思是上了我的贼船，就靠不了岸了。"

我坚持让马子唱一首，马子的品位和我们区别很大，接过话筒就唱了首《玫瑰花开呀开》。一开始我以为马子也唱起了 Rap 或者 R&B，总之有点听不怎么清楚，后来才发现马子就只会唱这一句"玫瑰花开呀开"，其余的都可以忽略不计。

我看得出来，阿叉对乐珊有点意思，主要原因是乐珊长得还算可以，但是我知道乐珊已经有男朋友了。所以在阿叉一直和乐珊套近乎的时候，我就不停地鼓励马子唱歌。马子唱到兴奋的时候，歌声基本上变成了噪音，这个时候乐珊也就听不见阿叉说话了。

马子喊累了的时候，就把话筒交给了老文。老文像刚睡醒似的，拿着话筒晃了几下吹了几下咳嗽了几下，这腔调好像是领导要开始做报告了。

这个时候点的歌刚好是周杰伦的《半岛铁盒》,老文看着屏幕对话筒说:走廊灯关上书包放走到房间窗外望……老文基本上都是念出来的,庆幸的是这段词周杰伦也差不多是念出来的。老文接下来干脆就拿着话筒欣赏伴奏。

这时候我发现,阿叉和乐珊已经扯了许多废话了,而马子和李百威也聊上了。

马子问李百威:"小伙子哪个学校的?"

李百威说:"复旦的。"

马子一惊,说:"哦哟,小伙子了不起啊,上海复旦大学啊。"

李百威说:"那不是,差了一点。"

马子说:"差一点?那也不错了。交大的?同济的?"

李百威用无比淡定的语气说:"不是,是复旦中学。"

马子愣了一会儿说:"哦,那是差一点,只差一个字。"

我们唱了将近两个小时,有半个小时的时间是马子在唱"玫瑰花开呀开",有一个小时的时间都是老文拿着话筒。老文拿着话筒的时候,总是对着话筒憋出几个怪声,然后听一段旋律,最后拿着话筒对着我们说,你们好了没?见大家没反应,老文继续重复以上的动作,最后他从话筒里蹦出一句:歌没了。

这个时候我坐在阿叉和乐珊的中间以控制爱情的蔓延。我见没声音了,说:"老文,你自己点。"

老文说:"怎么点?"

阿叉说:"你想怎么点就怎么点。"

然后老文就把头点了点,放下话筒,靠在沙发上睡起了觉。五分钟后,我们就从这个KTV里面走了出来。出来的时候阵容已经发生了很大的变化,马子和李百威走在最前面,阿叉和乐珊紧随其后,最后面是我和老文。

走到一半,马子突然停下脚步回头对我们说:"我有车,我送你们回去吧。"

马子开的是一辆小夏利,就是我们这个城市很久以前的出租车,被淘汰之后就成了马子的私家车。马子说搞来这辆车也很不容易,事实上这种车子现在确实比宝马难买得多。

马子还数了数:"一二三四五六……"然后想了想,"这估计有点困难……"

于是我们和马子告别。我们五个人走到车站,我实在看不下去了,于是对乐珊说:"我送你回家吧。"我看不下去的一个重要原因是,从开始到现在阿叉基本上都是一个人在说话,这情景就好像阿叉在向乐珊推销一个名叫"阿叉"的产品。

阿叉看了看我说:"不用不用,我送好了,你们都回去,回去噢。"

我说:"乐珊是我朋友,我得送她。"

阿叉说:"也是我的朋友,我送就行了。"

我和阿叉说了半天,老文打了个哈欠说:"你们好了没,公共汽车都开过两辆了。"

这个时候,在老文和李百威的忽悠下,我们终于把阿叉送上了一辆公共汽车。阿叉上车之后对着窗口说:"什么时候请我吃饭啊?"

只听见老文在车里面慢慢悠悠地说:"这,大概市委还没决定。"说完公交车就开走了。

乐珊是一所重点高中的学生，比我母校复旦中学高了好几个档次，按照正常逻辑来说，乐珊和我这样的人认识是非常不幸的。她一直比较佩服我从三流大专退学，因为她连作业都不敢不做。

我说："这人失恋了，所以看见漂亮的姑娘都有点饥渴。"

乐珊看着我说："你最近有去上海看女朋友吗？"

我说："本来想去的，被拉来唱歌了。"然后说，"去街边吃个砂锅吧。"

乐珊是那种不装可爱不装漂亮不装聪明的女生里面还算可爱漂亮和聪明的女生。至少我说去街边一起吃砂锅时，她不会搞得自己像千金那样，觉得我这人太没档次了，假如她这么说，我倒觉得她很没档次。

我吃砂锅时总将粉丝用筷子捞得很高就像垂帘一样，然后侧头吸拉着粉丝。在粉丝的翻动和稀落中，我总会看见一些脸像电影片段那样——掠过。黑色的污垢、揉皱的纸巾、折断的一次性筷子、周围的空气，油腻，昏暗。

乐珊一直说我这样子看起来极其落寞，尤其是头发遮住了眼睛，再加上一点点胡楂，颓废得让人心疼。

我说："你真是安妮宝贝的书看多了，无比小资。"

乐珊说："又不是我心疼，我就是这么形容一下，你激动个屁啊。"

我咬着粉丝说："这像是重点中学学生说出来的话吗？"

乐珊说："我看你倒像重点中学的学生。"

我说："你这话很有内涵。"

乐珊看着我说了一个字："呸。"

我说:"你把口水吐到我砂锅里了,这个砂锅我要继续吃的话,那我们就间接接吻了,你男朋友就要来找我了,那接下来……"

乐珊用筷子敲着桌子说:"你到底吃不吃啊?你吃完我还得回去复习,怎么感觉我是你妈。"

我赶紧吃完,然后和乐珊赶上了末班车。快到我家的时候,我说:"妈呀,这么晚了,要不要送你到家?"

乐珊说:"妈自己会走。"

我说:"行,那就成交吧,下次再教我点哄女朋友的招数。"

乐珊说:"我又没哄过女朋友。"

我说:"你去问问你男朋友。"

乐珊说:"关键得看你自己的。"

我说:"我是一个没有自己的人。"

乐珊说:"唉……"

我说:"你先不要不耐烦。"

乐珊说:"你都已经乘过头一站了。"

我:"……"

我回到家的时候,老文正在和他女朋友煲电话粥。老文坐在椅子上背对着我,用一贯优雅的语气说"哦,亲爱的,好的""嗯,宝贝,可以的""是,么么,想你"。老文听见踹门声后很久才挂了电话说:"赵少,你回来了?"

我边脱外套边说:"还没回来。"

老文猛一回头说:"我以为阿叉来了。"

后来我才知道,阿叉请李百威和老文去吃夜宵,李百威婉拒之后,老文口头上答应着,最后从公交车上溜走了。我说,老文你这种手段太像小学生了。老文说,你这话太像大学生了。

老文说:"马子刚来电话了,说文化公司成立了,明天早上九点国际金融中心见。"

我边打开电脑边说:"怎么这么豪华?"

老文说:"还好吧,就那样。"

我说:"还说了什么?"

老文说:"我也不好意思说。"

我说:"有什么不好意思的?"

老文说:"反正就那个意思,你明白的。"

我说:"老文,你傻了啊。"

老文说:"亲爱的,你真聪明。"

我全身抖了一下,之后一抬头,才发现原来老文一直趴在那里和女友打电话。

第三章

第二天,我和老文按约定的时间到了国际金融中心大厦。老文对着高楼抬头看了看,我说:"这楼又不是我们的。"

老文平静地说:"有可能还不是他们的。"

老文话音刚落,我就收到了马子的短信,内容是:沿着金融大厦前面那条路走两百米,左拐向前走一百五十米在一棵老梧桐那里拐弯,看见一家小超市就停下来。我们按照马子的短信到了那家超市,马子看见我们的第一句话就是,"年轻人对文字的理解能力不错,这么快就找到了"。

马子把我们带到了一幢小楼,老文让我进去,自己在外面看风景。

我一进屋子,马子就郑重其事地向我介绍:"我姓马,他姓朱,我们已经见过了,这位是我们的侯总。"我听了这话的第一反应是自己进了动物园,第二反应是那个朱策划仍旧保留着从埃塞俄比亚归来时的风范。

那个侯总和我说的第一句话是:"知道哈莫斯·克罗德吗?"

我吓了一跳,这个名字我从来没听说过,于是镇定地说:"略有所闻。"

"看过他的一些作品吗?"

"粗略阅读过一点。"

"那你说说他作品的主要特点是什么。"

我想,不会一进来就让我模仿他的作品吧,这也太有挑战了,于是一本正经地说:"哈莫斯·克罗德的作品主要体现了他们那一代人精神和物质的根本状况,作品鲜明地反映出那个年代特有的人物心理和社会环境,写出了一个时代……"

正当我准备继续瞎掰的时候,侯总问:"那你知道哈莫斯·克罗德生活在哪个年代吗?"

我取了个大范围说:"上个世纪。"

"那你知道他是哪里人吗?"

我又取了个大范围说:"欧美的。"

"那你知道他写过哪些作品吗?"

我接着取大范围说:"主要就是那几部小说。"

"其实世界上没有哈莫斯·克罗德这个人,是我瞎编的。"

这番对话结束,侯总将一条腿跷到了桌子上,这个姿势就像中石油在股民中立即没了形象,他对着我说:"我看你反应挺快,这样吧,你先写一部郭敬明的小说,这个也是我们公司的一个新方案。我告诉你,要在他的风格上突破,记住,要古代,要现代,要穿越,要玄幻,要武侠,要言情,总之你要把这些元素都用进去。"然后看了马子一眼说:"具体让马总监跟你说说。"

马子想了一会儿，看着我说："也就是书里面，人要会飞的，猪要会说话的，房子要会发功的，神仙要会谈恋爱的，刀剑要会穿越的，懂了没？"然后朝着隔壁叫道："朱策划，具体你和他说说，这个方案我们已经策划好了，尽快做出来。"

我走进隔壁一间屋子，朱策划甩着长发说："干这个就是三个字，快、准、狠。快主要就是你必须一个月内写出来，一般也就十五万字左右；准就是你要准确把握郭敬明原先的风格以及现在读者的口味，对症下药；狠就是你什么都要写。明白了吗？"

我看着他咬牙切齿像杀猪一样的表情，有点萎靡地说："明白了。"

我走出屋子，老文问："谈得怎么样了？"

我说："和你想的差不多。"

来的路上老文就说，马子搞的应该是一个枪手公司。进了这幢小楼后，我也明显感受到了枪手公司的氛围。

我和老文直奔我们的住处，一路上商量了一会儿，回到家就各自打开电脑进行操作。

我们已经很少谈理想了，之前是每天都谈，现在是有空才谈，不幸的是我发现我们每天都有空。老文发现这个问题后，觉得两个男人谈理想很无趣，于是开始找女人谈理想，时间久了就把理想谈成了恋爱。

在这条望西街上，像我这样没上大学的有卖菜的，搞传销的，修汽车的，做服务员的，当保安的，当流氓的……认识我的人怎么也不相信，像我这么一个没知识没文化的青年怎么这些行当一样都没干上，他们有两点疑惑：第一，赵少怎么成为作家了？第二，老文怎么和赵少一样成为作家了?由这两点,我得出第三点疑惑:哪个单位组织在什么地点什么时候说我和老文成为作家了?

这个时候老文抬起头说:"我已经写到主角杀了好几个人了,是不是该被人揍一顿然后昏迷准备穿越了?"

我说等等,我看着一片空白的文档说,还是让我先想个书名出来。我在文档上敲出一个词"决战",想想又觉得太生硬了,就换成"芙蓉之决战",看了一会儿又换成"大唐芙蓉之决战",最后定名为"时空大唐芙蓉之决战"。

一切都在不可避免地走向庸俗。我已经把这句话念成了口头禅。天暗下来的时候,老文说:"这下真的该穿越了,都已经打了这么多男人,调戏了这么多女人,再不穿越不行了。"

我说:"你急着穿越干吗?"

老文说:"穿越完之后,我还得去我女朋友那儿吃饭,这段总得写完吧。"

我边关电脑边说:"回来再穿越吧。"

话音刚落,我的手机就响了起来。电话是林浩打来的,我说我现在正在忙,让老文和你说吧。老文拿过我的手机说他现在正在写什么大唐芙蓉什么的,等他写完再说吧,于是把手机给了我。我就说那就这样吧,再见了。在我准备挂电话的时候,林浩说我今天生日啊我请吃饭,于是我没敢挂又把手机给了老文,说今天林浩请我们吃饭。老文对着手机说今天我和女朋友约好了,我们就不来吃了,我拿过手机抱着蹭饭吃的心理说不是"我们",我还是会来的。

我关了电脑冲到楼下,这期间保罗大妈的女高音再次响起。由于我一路奔跑，只听见"你这人怎么这么走路的，想吓死人啊……"随着距离的拉远，这声音终于缥缈得无影无踪。

我到达一个小餐馆，只见林浩、李百威、钟雄三人坐在那边喝啤酒。这三人被称为本届复旦中学高三的"三剑客"，而至于究竟是"三剑客"还是"三贱客"，这有待进一步考证。

我刚坐下，就听见钟雄说："还有一次，我那表哥在溜冰场和人打架，用马刀把三个人劈成了重伤，一个差点死掉，一直到现在才放出来。"

我一直不明白都已经放出来了，竟然还在讲关进去之前的事情，这也太遥远了。

林浩扶了扶眼镜说："马刀，是什么东西？"

钟雄大概觉得这问题太弱智，于是不予理会，继续说："关进去之后，那牢房里面全都是一些道上混的家伙，我那表哥刚进去被打了个半死……"

在钟雄给林浩一对一讲述那表哥如何半死不活的时候，李百威一直装出一副黄花独自凋零没人理的可怜样，拿着酒杯舔一口看看窗外，看看窗外再舔一口酒杯。我心里想，这是在过生日吗？

我对着李百威说："就这点人吗？"

李百威说："就他们两个人，我是不小心碰上的。"

然后我就和李百威谈起了人生，从什么是人生谈到了人该怎么生，我们始终不能在那边插上话。钟雄这人嘴巴里总会出现一些奇怪的调子，譬如说他表哥那一段。后来我不相信，就追究出来事情的原因如下：

钟雄表哥和他爸说,我考上了北京的一个职业技术学院。

表哥他爸和他爷爷说,你孙子考上了北京的一个学校。

他爷爷对钟雄说,你表哥考上了北京的一个大学。

钟雄对我们说,我表哥考上了北京大学。

现在我们坐在一起吃饭,钟雄又在说他的另外一个表哥,这次说的是坐牢。因为之前的那个已经被我整死在"北京大学"了,所以我觉得作为兄弟应该让钟雄能有一个表哥活下去。

我现在发现,钟雄是个很没安全感的人,最早的时候他把自己阑尾炎手术的疤痕说成是和人打架被刀劈的,后来说起"北大"表哥和现在的劳改表哥。其实大家都很喜欢活在北大式的精英和流氓式的壮烈里面,如果从商业角度来看,这是品牌价值。

钟雄喝着啤酒继续说:"就这样,后来都给我表哥摆平了,这下里面所有的人都听我表哥的话,我表哥说一,他们就不会说二。"

林浩又扶了扶眼镜说:"他们数学都这么差吗?"

钟雄差点没被啤酒给噎死,然后终于发现了我,说:"哦,赵少在了啊,好久不见。"

在四个人终于凑到一起干了一杯之后,我才感觉有了点气氛,林浩抹了一把嘴说:"好了,今天就到这里吧。"

我说:"就这么完了?"

林浩说:"明年再来。"

林浩的这句话让我感觉意味深远,好像我今天没在这里完整地蹭一顿饭,应该悲壮地等到来年再蹭。

我手里摸着两块硬币,买了两个烧饼,回到家打开电脑继续写《时

空大唐芙蓉之决战》,我皱了皱眉头写下这么几句:

李帅从此成了李世民身边的一个贴身侍卫,隶属锦衣卫。因为与皇室同姓,武艺超强,阳光帅气,深得皇上和宫内美女的信任与喜爱。宫女小玉和李帅经常在举手投足之间眉来眼去,互送秋波。终于在这一天晚上,两人在厢房里抱成了一团,夜黑风高,孤男寡女终于耐不住寂寞……

我在QQ上看见马子的头像亮着,就试着将这一段发了过去。

马子立即回过来一句:太俗太没品位太没内涵了。

我忙打了一行字:马总监,你先别激动。

这个时候马子打电话过来了,就冲着我喊:"文学!文学!你知道什么叫文学吗?你要时刻明白你是一个作家,你要对得起自己的文字,你说你这写的什么乱七八糟的?"

我觉得我真的要对得起自己的文字的话,我就应该对着马子喊:"老子不干了!"

马子是个没什么内涵的人,急了就只会大呼小叫,并且老是和你说"文学""作家"之类的词,以此证明自己是个文化人。

其实没内涵不可怕,可怕的是马子还非得装成有内涵,在这种情况下我就只能配合他。

马子继续说:"你知道作家的作用是什么吗?你知道文学的作用是什么吗?作家是人类进步的阶梯,书是人类灵魂的工程师。"

我拿着电话有点冒汗地说:"马总监,您说反了……"

"你先听我说……喂……喂……"这时电话信号有点不好。

"马总监我听着。"

"你听着啊,你刚说什么反了?我告诉你,不管反的还是正的,都不是重点,思路没厘清逻辑不明确不是重点,缺少风格没有灵魂不是重点……"马子说到这里就没声音了。

我立刻在QQ上回了一句:马总监,重点是什么?

马子立刻回了一句:重点是我没电了,所以你自己看着办吧。

我对着老文说:"马子这家伙俗透了。"

老文面对着电脑屏幕,边敲键盘边对我说:"俗什么俗,我都快写好了。"

"快写好了?你这什么速度,我都还没怎么动过,马子还说我不行……"

"有什么不行的,越乱越好,肯定可以。"

我过去浏览了一下老文的稿子,发现里面真的很无法无天,我对老文说这也写得太脱离实际了。老文说,既然选择了穿越,就没有现实的了。

我说:"老文,我们不听马子的话是拿不到稿费了。"

老文继续敲着键盘说:"找人揍他。"

我说:"揍完我们还是拿不到,怎么办?"

老文说:"把他送到唐朝去。"

这个时候我发现老文有点写傻了,我说:"老文,马子真的让我们重写。"

老文说:"让他和芙蓉姐姐结婚。"

我突然发现外面一片漆黑,然后躺在床上说:"完了,我们完了。"

老文盯着屏幕说:"还没完,还有两章。"

米兰·昆德拉创造了一个词叫"媚俗",当我想到一个月内要靠写《时空大唐芙蓉之决战》来维持这种吃喝拉撒的生活的时候,这个词就被无限放大了。

第四章

老文还在为马子的小说神魂颠倒,而我无聊到吃不下睡不着的时候,就再次想到了补习班这个地方。补习班是我无聊至极时的终极归宿。

在那里,我就像邂逅一位漂亮姑娘那样,荣幸地遇见了学生会主席艾森,艾森用国家主席握手的姿势握着我的手说:"最近可好?"

我只能用人大代表的语气回敬:"过得很好。"

艾森和我寒暄后问我:"一起吃饭吗?"

而我一听到这句话,脑子里就蹦出了很多问号:哪里吃?怎么吃?几个人吃?吃什么?最重要的是,吃完后谁付钱?

半个小时后,我的想法全部有了答案。我们坐在"丁香花苑"里,这是附近最好的餐厅,我和艾森面对面坐着,艾森旁边还坐了两个女生,据说也是学生会里的。两个女生点了菜,吃得差不多的时候,艾森就上厕所去了,这就意味着如果我不把钱付了,这家伙就一辈子待在厕所里出不来了。

幸亏我这人没什么钱,所以拿了点稿费就基本全带在身上。我把钱付了之后艾森还没有出来,估计他担心等他来的时候我也会借口上厕所。

其中一个女生对我说:"你和艾主席关系很不错哦。"

我听了这话,感觉就像和党中央的领导在一起吃饭似的。

我说:"你们艾主席很出色,办事能力强,工作能力强,学习能力强。"

那个女生说:"是呀是呀,我们也这么觉得,蛮有魅力的哦,好多人喜欢他呢。"说完就看了看旁边的女生,那个女生羞涩地说:"哪有,瞎说。"

我为了不让自己花了钱吃进去的东西吐出来,就赶紧起身说:"两位慢慢聊,我还有事先走了。"

这个时候艾森终于很及时地冲出来了,一把拉住我,像领导拉着受灾群众似的说:"再坐一会儿吧,再吃点。"

我的手随着艾森的手上下摆动,说:"不了,我还有事。"

艾森摸了裤袋摸了衣袋,最后终于从自己的包里掏出钱包说:"我去埋单。"

我说:"我已经买了。"

艾森又握住我的手说:"辛苦了,辛苦了。"

我看着艾森说:"这是应该的。"

艾森说:"有空回母校看看。"

我说："肯定会有空的。"

我从餐馆里面走出来的时候有点头晕目眩，觉得当官的就是很不一样，很不一样是因为他是一个官。透过餐馆巨大的落地玻璃，我看见艾森和两个女生也准备离席。艾森一身的优雅和成熟，走在两个女生中间，加上脸上轻微猥琐和一丝淫笑，终于从当官的走向了皇帝。

我每次说去补习班，基本上在我走进这个门之前，会有各种各样的事情让我走不进这个门，就算没事我也会找事。

回家的路上，宣琳又打来电话，自从和她开始异地恋之后，我每天晚上都会留出固定时间像上班一样和她在QQ上聊天。其实任何恋爱都是需要坐班的，有事也需要请假，我们既是领导也是下属。

我回到家之后对老文说："我等会儿去上海。"

老文对着电脑敲着键盘说："怎么这么突然？"

我说："你以为是美国总统登陆上海吗？还需要安排。"

我每次去看宣琳都是心血来潮的，因为恋爱也是心血来潮的，只有心血来潮才会没有顾虑而充满激情。这比美国总统的访问更具有情调，也更能调情。

老文突然像抓救命稻草一样抓着我说："你走了，我可怎么办？"

我甩了甩手说："你先写着，回来我继续。"

老文说："我一个人承受不来。"

我背了个包说："我走了。"

老文冲到门边说："你快点回来。"

我突然发现我和老文像在演琼瑶剧，假如再下点绵绵细雨，老文说不定还会冲到阳台看着我落寞的背影慢慢消失。

我到汽车站买了张去上海的票,十五分钟发一班车。我第一个上了两点半的那一班车,车还没开的时候我就开始睡觉,结果被人家摇醒,只见一对情侣看着我说:"能不能换个座位?我们两个一起的。"我换了座位之后还没来得及睡觉,一位大妈上来说:"能不能换个座位?让我坐窗边。"我换了座之后又来了个女人拿着票说:"你坐错位子了。"于是我站起身,边掏出票子边找座位,结果发现是那女人坐错位子了,于是我对她说:"是你搞错了。"那女人戴着帽子说:"那你坐我位子吧,反正一样的。"

这个时候车终于开了,我就开始在车上做梦,梦见一个大爷要让我换位子。

大巴快到闵行的时候,天已经暗了下来。这个时候A4高速上的车子都连成了火车,速度还不如垃圾车,等过了上头写着"城市,让生活更美好"标语的收费站,速度提升为自行车,而且还是"凤凰"牌的。

熬了半天终于到达上海南站,此时已经六点。上海南站那个世界首座圆顶透光建筑,一度让我这个从来不关注中国足球不看上海申花的人莫名其妙地想到了虹口足球场。第一次见到,我还真以为是虹口足球场,后来我无意间在地铁八号线上发现虹口足球场的真正位置,距离南站那个圆顶建筑坐地铁还得四十分钟。

我下了车再乘电梯到地下,经过一阵七弯八拐,终于上了地铁三号线。我开始和宣琳发短信,等我抬起头的时候,地铁上已经挤满了人,然后等过了真正的虹口足球场的时候我就开始让出位置挤到门边。早晚高峰期间的地铁就像招聘会现场,让人喘不过气来。我在赤峰路下地铁的时候,宣琳又发来短信:到哪里了?

在地铁开了二分之一的时候,我说:刚下地铁。所以我现在回了一条:公交车太慢了,我准备打的。

我打车到邯郸路那个校门,然后冲进大名鼎鼎的复旦大学,接着直奔女生宿舍楼。其间绕过毛主席爷爷的雕像,那威严的身姿顿时让我想起了他"好好学习,天天向上"的名言,于是我就更加拼命地往前跑。

和宣琳见了面之后,我们手牵手从学校里出来,我们一般都是去五角场吃饭逛街唱歌看电影。其间老文一直发短信问我回来了没,他以为我去上海就像去上课一样,天黑之前一定会回来,所以我都懒得和他说什么时候回去。

路上宣琳问我:"这次吃什么?"

我说:"随便啊,你说什么就什么。"

宣琳说:"我最不喜欢听'随便',你说,你说吃什么就吃什么。"

我说:"泰国菜。"

她说:"这个味道怪怪的,"

我说:"西厢记。"

她说:"这个以前吃过了。"

我说:"还是你选吧。"

她说:"最后一次,你说。"

我说:"吃火锅吧。"

她说:"怎么又是火锅?"

我说:"那就米粥吧。"

这个时候宣琳犹豫了一下。我看了看被光污染的天空说:"去同济大学吃吧。"

因为这个时候我想起了一句话：玩在复旦，吃在同济，住在交大，爱在华师大。每次我和宣琳都会为了吃什么吃完干什么而讨论半天，这句话除了最后"爱在华师大"五个字，我们基本可以沿着那条复旦到同济的绿色通道去同济吃个饭，然后回来在复旦花园散个步……问题是，这句话是很久以前的了，那时候旁边的财大还没长大，现在都已经财大气粗了。由此逻辑反推出，复旦也不好玩了，同济也不好吃了……可能没变的是最后五个字。

我们边吃饭边讨论等会儿干什么，吃完以后我们边玩电玩边讨论等会儿干什么，玩完电玩，我们边看电影边讨论等会儿干什么，看到一半我们边撤退边讨论等会儿干什么。总之我们总感觉时间很紧迫，最后一致决定去上海歌城唱歌，这期间我们一直讨论唱完歌干什么……我心想，唱歌难道还有个完吗？可以一直唱到天亮啊。

在歌城电梯里遇到几个抽烟的男女，宣琳出了电梯就来了句上海话："增么素则。"

我说："上海话很好听啊。"

她继续上海话："个总乡五宁，侬刚是哦啦。"

宣琳作为一个典型的上海人，表现出了和上海这座城市一样的骄傲和唯我独尊。上海人认为全中国除了上海都是乡下，这和北京人认为全中国除了北京都是基层是一个道理。再加上上海人的说话方式，让全国很多人既膜拜上海又憎恨上海。而我由于所在城市的历史关系，对隔海相望的上海看法不至于如此激进，最重要的是我认为乡下其实很好很自由，可惜的是上海人认为这话一点也不靠谱。

我进了包厢,在沙发上慵懒地坐下,打了个哈欠说:"你点歌吧。"

宣琳拿着话筒对我说:"侬哪能噶副样子?"

我说:"你就别把我当上海人了,还是说普通话吧。"

宣琳说:"你不是听得懂上海话嘛。"

我想上海话和宁波话的区别大部分时候对我而言就像北京话和普通话的区别,于是我盯着宣琳吐出两个字:册那。

宣琳立即瞪着眼睛看着我说:"你刚说什么?"

我说:"我发音标准不?"

宣琳说:"港(戆)督。"

我说:"香港总督?"

宣琳边点歌边说:"刚特了……"

就这样,我们唱到后面歌声越来越微弱,主要是宣琳唱到最后都快睡着了,把五月天唱成了十二月天,把《恋爱ing》唱成了《冬眠ing》,然后对着话筒哈欠连天,最后睡了过去。我为了不影响宣琳睡觉,于是把信唱成了木,把《北京一夜》唱成了《上海一夜》。后来我终于发现自己这个行为的白痴之处,于是点了一串朴树的歌,再把音量调到最小,然后开始打瞌睡。

我醒来的时候把话筒碰到了地上,然后宣琳整个人一惊,立刻坐起来说:"现在几点了?我还得上课。"

我看了看手机说:"六点半,我们付的钱是唱到七点半。"

宣琳赶紧起身说:"走,去学校,你陪我上课。"

我跟着宣琳稀里糊涂、哈欠连天地买了早点,然后又睡眼蒙眬地坐在了他们的教室里,我拿出手机一看:"怎么八点多了!"

宣琳说:"别烦了,上课了。"

我看了周围一圈说:"这上的是什么课?"

宣琳说:"选修课。"

我说:"选修什么?"

宣琳说:"纳米磁性液体。"

我听到这个名字后晕了半天,缓过神来说:"纳米也分雌性和雄性?"

宣琳说:"你听我们老师讲。"

我看见一个是我年龄三倍的老师在上面开口说:"纳米磁性液体是纳米级的强磁性微粒高度弥散于某种液体之中所形成的稳定的……"

还没听完他的话,我就趴在课桌上睡了过去。有一阵子我觉得睡觉其实是最好的自卫武器,当你想抵抗外界的无聊、无趣和无奈的时候,你就可以一声不吭地睡觉,但关键是你得有勇气和能力让自己睡着。

我睡到一半醒来,听见那人还在讲:"磁性液体具有一定的黏滞性,利用此特性可以阻尼掉不希望的系统中所产生的振荡模式……"

我立刻明白自己是在教室里面,于是立刻想到高中时的情景,然后小声问宣琳:"那个老头没叫过我名字吧?"

宣琳说:"继续睡吧,结束了我叫你。"

于是我又环顾了一圈,发现教室里面也就区区十来个人,大部分位子都空着,于是我想这老头肯定是出了名的从来不点名,可能这课连考试也不用,到时候交篇论文就直接过了。

我趴在课桌上悄悄对宣琳说:"这课上个屁呀。"

宣琳使劲捏了我一把说:"你给我睡觉。"

我又轻声说:"老头声音太大,睡不着了。"

宣琳努着嘴压低声音说:"那你和老头去说。"

这个时候老头继续优雅地在上面说:"磁性液体的温度上升到一定程度后,其饱和磁感应强度急剧下降,因此……"

因此,我又昏睡了过去。

上课结束,我们就继续晃悠到五角场去吃东西,因为老文的不断催促,所以今天我就得走了。

宣琳坐在我旁边说:"你下午走还是晚上走?"

我说:"现在已经下午了,那就晚上走吧。"

于是我们吃完饭随便逛了会儿,然后去看了场电影,在半睡半醒间看完出来后又找了个吃饭的地方。谈恋爱的时候总有说不完的话,就算有能说完的话也有待不够的时间。吃完之后,我和宣琳晃到某个小广场里坐了下来。

宣琳叹了口气说:"唉,你又得走了。"

我说:"马上又会回来的。"

宣琳说:"你说我们的未来会怎么样呢?"

我说:"和想象的一样,不过想多了就不一样了。"

宣琳说:"可我就是容易想多。"

我说:"而且容易吃多。"

宣琳装出要打我的姿势说:"你就是这么不正经。"

我说:"你就是这么假装正经。"

我掏出手机看了看时间,顺便看到老文的两条短信,大概是继续催我回去,好像我们的住处已经着火了,正等着我回去吐口水把它给灭了。

宣琳说:"你准备几点回去?"

我说:"汽车已经没了,乘火车回去,先送你到寝室吧。"

宣琳说:"我送你到地铁站吧。"

我说:"那就送我到南站吧。"

宣琳说:"那好吧。"

我说:"那干脆和我一起乘车回去吧。"

宣琳听了这话突然又问了我一句:"你觉得我们的未来真的会怎么样?"

我边走边对宣琳说:"结婚啊。"

宣琳说:"你还不够成熟,你知道吗?"

其实我倒觉得宣琳像个小孩子,但是这话我说不清楚,就像我说我妈不对,结果我就变成了不听话。

我说:"其实你并不明白成熟,你以后会明白的。"

宣琳说:"你知道为什么你给我的感觉总是这么玩世不恭吗?"

我说:"因为我比同龄人更加成熟。"

宣琳说:"什么意思?"

这个时候差不多到了她的寝室楼下,我说:"你以后会明白的,我得走了。"

宣琳说:"这次不能送你到车站,你只能自己走了。"

我说:"你送我到车站,我也是自己走。"

和宣琳分别,足足用了二十分钟,终于走出了复旦的大门。我按照来时的路线去了火车南站,到了那边才发现火车已经没了,于是我乘地铁一号线去了上海火车站,结果还是没有票。我正在琢磨着去哪里住一夜,一位大叔上来对我说:"小伙子啊,要不要住房啊?我们那边价格便宜环境又好,小妹妹也很多。"

这位大叔刚说完又来了一个大伯,大伯说:"小伙子,去哪里啊?"

我说:"宁波。"

他说:"行啊,两百块,等凑齐四个人就开车,我的是普桑。"

我心想,等他凑齐四个人天都亮了,这时候又来了一位大叔说:"小伙子你是去宁波啊,我有车票的啊,要不?火车还有十分钟就要来了,要的话赶紧,我直接把你领过去。"

我说:"多少钱?"

他说:"一百五十块。"

我想狠是狠了点,但还是跟着他去了。一路上我说:"能不能再便宜点?我是学生啊!"

大叔说:"知道你是学生,前面一个学生还两百块呢。"

我说:"那便宜十块也行啊,这慢车票也就五十来块啊,你也太狠了点吧。"

这个时候,旁边上来一个大汉说:"你说啥呢?我告诉你,一分也不能少!"

这话一听就像道上混的,我赶紧拿了车票进去。此时早已过了十二点,我上了那列从吉林过来的硬座慢车,硬座软座我倒无所谓,因为我的车票是无座。我从车厢的一头走到另一头,发现有个空座位,上面放了件衣服,于是我问旁边的人:"这个位子有人吗?"

那人睡眼蒙眬地说:"大便去了……"

于是我把衣服拿到一边暂时坐了下来,然后就闭上了眼睛。过了一会儿突然被惊醒,那人终于回来了,我抬头茫然地看了他两秒钟,没想到那家伙说:"没事没事,我只是拿我的衣服。"

我犹豫着说:"这个位子……"

那人忙说:"我是无座的,不好意思不好意思。"

我于是忙说:"哦,没事没事。"

然后他就靠在车厢的连接处学习鸟儿站着睡觉,而我看着外面——其实一片漆黑,只能看见自己脸庞的影子,脑子里一片模糊。列车员说了,早上五点四十五分到达宁波,此时车子刚过松江,我的眼里带着离开上海的些许伤感,这是凌晨的我透过玻璃唯一看见的风景。

第五章

我大清早回来的时候,正好碰见保罗大妈在晾衣服。她看见我一脸的惊讶,说:"哦哟,今天起得这么早,阴阳怪气的,吓死人啊。"

我一直觉得,要是按照保罗大妈的意思,望西街的人早不知道已经死了多少次了。

我一进门,老文睡得跟猪一样,于是我使劲把他摇醒。老文在床上晃荡了好一会儿,终于睁开眼睛说:"什么事?"

我松了口气说:"我回来了。"

老文说:"你这话不会等我醒来说吗?"

我说:"你这不醒了吗?"

老文跳下床立即冲到卫生间,然后说:"开灯,开灯。"

我们住处的格局是一室一厅一厨一卫,最重要的还是一灯,所以晚上一开灯就昏暗恍惚。于是我一把将窗帘拉开,老文在那边说:"关灯,关灯。"

我说:"老文,马子的小说怎么样了?"

老文在里面边刷牙边说:"马子昨天来过了,和我交流了一下。"

我说:"你写得怎么样了?"

老文在那边吐了口水之后说:"马子说超出了他们的想象。"

我打了个哈欠说:"老文你牛啊。"

老文走出来拿着牙刷口吐白沫说:"比他们想象的还差。"

我说:"老文你是猪啊。"

我习惯性地打开电脑之后说:"要不和马子说一下,不写了吧?"

老文从卫生间出来说:"这还用得着你说吗?"

我一惊,说:"原来你已经说了啊!"

老文慢悠悠地坐下说:"是马子说的……"

于是从这一刻开始,我觉得我们一下子又断了财路。不过庆幸的是我之前并没有付出多少努力,不幸的是老文为了这个没有结果的东西日夜奋战了好几天,于是我说:"老文,这次你比我吃亏多了。"

老文说:"所以我发现一个真理,凡事都不要操之过急。"

我说:"老文,你终于醒悟了。"

老文说:"所以这两天十几个碗碟我到现在还没洗。"

我盯着老文看,说:"我们的厨房不是从来不开火的吗?哪来的碗碟?"

老文说:"这两天女友住我这边的,所以自己开火了,顺便买了碗碟。"

我说:"那你现在可以去洗了。"

老文说:"不急,等哪天要用了再洗,万一一直不用,那就白洗了。"

这个时候以李百威为首的复旦"三贱客"(我喜欢这么称呼)冲进我们的屋子。

我看着李百威说:"这么空?今天星期六?"

老文说:"是星期七。"

李百威这次率队闯寒舍的目的是,校庆要到了,他和林浩、钟雄三人要组一个乐队,到时候要上台表演,找我和老文来给乐队取名字。李百威他们之前取了"青春旋风""蓝色风暴""炫丽雨季"等名字,这些名字就好像二十世纪取的网名一概为"美丽女孩""可爱男生"……带着明显的古老历史情节,和这些称呼相配的是那时大家还用着大哥大、BB机之类的玩意儿到处显摆呢。

李百威说:"我的英文名是 Mine。"

接着林浩说:"我的是 Cool。"

李百威看着钟雄,钟雄想了一会儿说:"我的是不是 Sila ?"

李百威说:"是 Stare。"然后看着我说,"你看看,最好乐队名字能和我们的英文名联系起来,这样也比较有意义。"

我思索了半天,老文突然半死不活冒出一句:"那连起来就是,命苦死啦。"

整个屋子安静了片刻,我看着李百威,然后用一种等着被群殴的语气说:"好不好?"

李百威看着林浩和钟雄说:"好不好?"

钟雄像说他那两个表哥一样说:"好,很好。"

林浩标志性地扶了扶眼镜说:"应该很好。"

于是三个人立即回去,"命苦死啦"乐队正式成立,我直夸老文有才。老文晃晃悠悠地说:"接下来我们得干点什么赚点钱……"

话音刚落,马子就进门了,马子一见到我就连连和我说对不起,然后直奔主题地说:"我和我那两个朋友经过研究和分析,针对市场改变了战略,当然我们也仔细品读和解析了你们的文笔,虽然存在不足,但是……"

马子扯到一半的时候,老文拿着一包方便面说:"马总监,我就这么一包了。"

马子看了看老文,继续说:"但是发现你们其实形散神不散,文乱心不乱,文字还有很大的可塑性,但是……"

老文泡完面说:"但是你就别废话了,我们不干了。"

马子说:"年轻人就是这么倔强,虽然我比你们大不了几岁,但是我得教育你们,现在还得给你们做思想工作,你们肯定会明白我的苦衷。"

老文说:"你也会明白我们的苦衷。"

马子激动地说:"我现在就是要把你们引导到正确的方向上去,不然你们就彻底迷失了自己。"

老文说:"难道我们和你一样是路盲吗?"

马子说:"难道你们不想和我们合作了吗?"

老文说:"这个不是好行当,混不出出息。"

马子犹豫着说:"你很了解?"

老文往椅子背上一靠,说:"泡面真慢……"

马子语气减弱了:"那你说说你的想法。"

老文咳嗽了几声后说:"马总监,那个真没前途,可能是你那两个朋友刚从埃塞俄比亚……哦不,刚从美国回来,不了解行情,总之那个赚不到钱。"

马子说:"他们不是从美国回来的。"

我问:"那是哪个国家?"

马子看着老文说:"就是你刚刚说的什么,爱上鹅啤鸭。"

老文说:"是埃塞俄比亚。"

马子说:"对对对,大概就是那地方,欧洲的吧?"

老文说:"非洲的。"

马子纳闷地说:"非洲的?不对啊,他们和我说是欧洲的啊,欧洲还有什么鸭?"

老文高中时学的地理知识终于在这个时候用上了,他盯着泡面看一眼后说:"欧洲有阿尔巴尼鸭、罗马尼鸭、斯洛文尼鸭、保加利鸭、克罗地鸭、拉脱维鸭……"

马子说:"怎么这么多鸭,那非洲呢?"

老文看了看泡面还没好,继续说:"非洲有阿尔及利鸭、赤道几内鸭、利比里鸭、尼日利鸭、毛里塔尼鸭、厄立特里鸭……"

马子忙说:"行了行了,别管鸡鸡鸭鸭了,那你们准备搞什么?"

老文叉起面条说:"准备搞脑子……"

老文吃掉三分之二的面之后,终于和马子说了我们的一个计划。老文说利用马子的那辆小夏利,由我和老文每天去这个城市的东南西北站拉客开黑车,马子只需提供汽车就行,钱到时候三人按比例分。老文说,做得好,一天六七百也是可以的,另外付给马子固定的租车费。

马子一听到这个数字还比较可观,一瞬间抛弃了之前的什么研究啊文字啊引导啊,盯着老文问:"车是没问题,那你会开吗?"

老文立即翻出驾照给马子看,马子一看差不多有四五年的驾龄了,于是把钥匙扔给老文说:"车在下面,去吧。"

老文说:"赵少他不会,不过我教他两天就可以了。"

我们三个人下楼坐上车,老文磨蹭了半天,车终于开动了。老文一边开一边说,这是刹车,这是油门,这是挡位……然后就熄火了。

马子有点不耐烦了,于是跳下车一个人跑去抽烟了。老文则用电瓶车的速度把车晃悠到一条修了一半停工的宽阔大马路上,结果再次熄火。

我说:"怎么老熄火?"

老文说:"马子这车子不好。"

我说:"原来这样。"

老文说:"不过主要是我在教你如何不熄火,刚才我熄了好几次,看清楚了没?"

我说:"这个还没……"

老文边开边说:"你仔细点,两天后你自己开,十天后你就可以上路了。"

我说:"上路了?"

老文说:"是上马路,赚钱!"

我由于真的没看清楚如何不熄火,于是说:"你再演示一遍熄火。"

老文动了几下,有点不耐烦地看着我说:"你下次自己琢磨,现在你开始学下面的。"话音刚落,车头就撞上了路边的一个大土丘。

老文看着前面愣了两秒,然后倒车,接着前面传来玻璃掉落的声音,猪都知道汽车前面的大灯被撞烂了。

这个时候老文依然沉着,坐在车里说:"当发生这种突发状况的时候,你应该怎么办?"

说实话,我刚才真的又没看清楚,我说:"我没看仔细。"

老文说:"我不是让你看怎么撞,是让你说撞完了以后怎么办。"

这时我和老文突然从反光镜里看见马子叼着烟远远地走了过来,于是老文立即打开车门说:"撞坏了就应该马上下车,检查车况。"

我和老文走到车头,一盏大灯已经没了灯样,这个时候马子估计我们马上会朝着他的方向开回去,就站在那边不动。我和老文再次钻进车里,老文艰难地将车调了个头,当晃悠到马子眼前时,马子立刻咬着烟看着车头。

我和老文立即下车,马子用无比痛心的口吻对老文说:"他在开,你好歹也坐在副驾驶座上看着,怎么会撞成这样子?"

老文说:"你别激动,事实不是你想象的这样。"

马子说:"那事实是怎么样的?"

老文淡定地说:"事实是我在开,他坐在副驾驶座上看着的……"

马子听了之后说:"哦……嗯……啊?"

等马子发完三个音之后,我和老文已经跑得看不见踪影了,这证明人在关键时刻都可以变得很厉害。

等马子的大灯修好、情绪平稳之后,我开始了第二次学车,这次是马子亲自教我。马子告诉我,老文肯定是四五年前考出驾照之后,在这四五年间只开过四五次车,而且还要算上昨天那一次。我听了这话觉得只撞坏一个大灯真算是幸运了。

马子开车的技术和风格与老文完全相反,一左一右一进一退一动一停,我看着马子的脚下说:"除了刹车和油门,另一个踏板有什么用?"

马子十分耐心地说:"这个叫离合器……"

我说:"非得用吗?"

马子提高了嗓门说:"你以为小时候开碰碰车啊,一个油门随便你撞。"然后又减缓语气说,"换挡啊什么的都得用离合器,来来来,你看着点。"

在马子抑扬顿挫、跌宕起伏的教育中,我终于开了直线,然后拐了弯……马子说了,反正不参加考试,会开就行了,别的不用学了。

四天后我终于能控制这辆车了,马子说,你先去我朋友那里把假证拿来,接下来让老文也练练,这家伙技术比你还菜。老文一上车,没几秒,车就剧烈地抖了一下,马子站在一旁抽着烟说:"你是不是也是假证啊?!"

这个时候我直奔国际金融中心附近的那幢小楼。马子起初和我们说,他们改变了市场战略,其中就是增加了一项制作假证的业务。假如老文不提出我们去开黑车,说不定我们还得被马子忽悠到马路上成为城市牛皮癣的制造者。

我进了那幢楼,只见那个朱策划和侯总都在那里,这次去的感觉明显和上次不一样了。侯总笑着说:"来了啊,我们已经做好了。"

然后我们三个人就进了旁边的屋子,朱策划说:"绝对一模一样的,都是朋友,质量绝对保证。"

我拿了假证笑着说:"朱策划你们辛苦了,你们海归回来,创业也不容易。"

朱策划又甩了一下长发说:"哪是什么海归,我是江归。"

我说:"什么叫江归?"

朱策划笑着说:"都是朋友,混口饭吃的,我也就不瞒你说了。"

朱策划原本是打算出国的,但是这个就像和很多人打算去火星一样,只是打算而已。事实是他想先去北京闯荡一番,然后就一个人开始从浙江北上,没想到到了江苏的时候遇见一个姑娘,结果最俗气的事情就发生了。朱策划在江苏一待就是好几年,直到那姑娘拂袖而去,朱策划策划了半天,终于从江苏回到了浙江,所以称为"江归"。

这个时候,侯总笑了起来,说:"那我就是典型的乌龟了。"

侯总走的是和朱策划相反的路线,早些年和许多人一样从浙江一路南下到深圳去闯荡。闯了半天,除了闯了几个小祸,别无其他,只好向西拐,然后途经江西、安徽一路向北到北京成为北漂。结果漂着漂着练成了漂移,加上流浪情结发作,向西冲出北京经过河北、山西、陕西、甘肃等地到达了新疆乌鲁木齐。之所以能漂得如此顺畅,是因为没有姑娘的勾引和妨碍,最后在乌鲁木齐待了一阵子返回浙江,成为"乌归"一族。

我听了他们两个的叙述之后,心想,马子之前还一会儿欧洲一会儿非洲的,害得老文列举了这么多鸡鸡鸭鸭的国名。

最后两个人告诉我:"其实马总监才是真正的海归。"

我说:"真的?"

朱策划说:"前几年他去海南的海边捡过贝壳……"

彻底了解了朱策划和侯总的"江龟""乌龟"故事之后,我揣着假驾照从小楼里面走了出来。这个时候钟雄打电话过来了,第一句话就是:"赵少,那个李百威说,你那个乐队名字是不是就是'命苦死啦'的意思?"

我纳闷了半天后说:"你们琢磨出了什么意思?"

钟雄说:"具体我也不懂,李百威说回去查了字典搜了百度都不知道什么意思,我们演出后一个家伙笑着说,我们的乐队名字是,命苦死啦,你说欠揍不?"

我镇定了一下说:"的确欠揍,我们辛苦地结合了你们英文名取出来的乐队名字,怎么就这样被玷污了?"

这个时候钟雄估计在和李百威说话,接着传来李百威的声音:"我们决定了,等会儿揍这家伙一顿,你要知道我们的形象就这么被毁了。"

我匆匆跑到老文和马子学车的地方,老文说:"好了,我明天先上路,你跟着马子去旁边熟悉熟悉环境。"

马子突然叼着烟说:"我觉得,既然这样我们可以先成立一个'客运文化有限公司',要做就做大一点的。"

马子这人什么都喜欢和文化扯上关系,连开个黑车都要弄个文化公司。

老文一副沉思状,说:"这万一被抓到了,就算有组织有计划的违法了,不然还可以算是临时性违法。"

马子说:"名头嘛,人要有个名头,三个好汉一个帮嘛,你看我们是什么帮?"

我说:"丐帮。"

马子说:"你不懂情调。"

老文说:"肖邦。"

马子说:"肖邦是什么?"

老文说:"元邦。"

马子突然眼睛一亮说:"这个好,'元'代表金钱,名字很有意义……"

这个时候,老文已经将车子发动,然后他将我和马子载到了这个城市的西站,西站的客车主要就是去一些城市周边的郊区以及旅游景点。

我和马子下车后闲坐在花坛边,老文就走到附近的车站,挨个问过去:"小妹妹啊,小阿哥啊,去哪里啊?价格便宜速度快啊。"从左问到右,见都没反应之后,接着从右到左开始问,点着我和马子说:"那边两个已经等着了,只差两个了,去的话赶紧啊。"

这时两个二十多岁的女生问:"去五龙潭多少钱?"

老文说:"三十块,那边两个帅哥也是去五龙潭的,马上出发。"

其中一个女生说:"我们是去观顶湖的。"

这个时候马子走了过去说:"观顶湖不错啊,我们也去那边看看好了,据说那边的山和湖水都非常漂亮……"

两个女生相视了一会儿之后说:"我们去的观顶湖其实是一个村庄,名字叫观顶湖村,我们是去那里看亲戚的。"

马子说:"这……这我知道啊,传说以前那边的山和湖水都非常漂亮……"

这"据说"和"传说"的作用被马子发挥得淋漓尽致。

其中一个女生又说:"其实现在也很漂亮吧,观顶湖村的名字就是由观顶湖而来的,山的最上面就是湖了。"

马子若有所思地说:"是啊,所以说嘛……"

老文一听,忙对着马子说:"这位帅哥,你就别多说了,要不赶紧上车吧。"

老文对马子的这个"帅哥"称呼引得那两个姑娘面部纠结了半天,然后说:"再便宜点吧,二十块行不?"

没等老文开口,马子就说:"二十块怎么行啊?"

说完这句话,马子顿感身份暴露,于是对着老文说:"十块钱走不走?"

老文面容祥和地对着马子,心里估计把他祖宗十八代都已经骂完了,然后一脸无奈地说:"这位帅哥,我也就做点小本生意,我今天都没拉到客人,这么下去的话……"

老文说到一半的时候,马子也装出了一副怜悯的样子,心里估计一直在想,装,继续装下去,宰她们个五十块也没问题。

老文继续对着两个姑娘说:"我家里还有两个老人,一个瘫痪了,一个在照顾,老婆也失业了,小孩才三岁,我这车还是借来的……"

老文这些话里面只有最后一句话是真的,此时马子心里肯定在感慨老文是个一级演员加国际影帝。没等老文把后面的省略号补充完整,那两个姑娘恨不得付双倍的价钱搭车就走。

一路上,我坐副驾驶座,马子和两个姑娘坐后边,老文这会儿倒开得四平八稳,而马子一路和身边的姑娘聊天,有严重的泡妞嫌疑。马子这人平时就比较啰唆,遇到姑娘就更加啰唆了,而且插科打诨,从五龙潭观顶湖聊到了《奥德赛》、莎士比亚,叽歪程度堪比保罗大妈。

车开到一大半,其中一个姑娘大概觉得此人学识渊博,于是问:"你是做什么工作的?"

马子还在兴头上,所以脱口而出:"就是和他们一起的……"话说到这里,吓得老文将方向盘打了个四十五度。

马子清醒之后忙弥补道:"这个,就是我的名片。"他已经将包里的名片递到了人家的眼前。马子的名片我看到过,上面写的单位是"金马文化策划有限公司宁波分公司",头衔是"市场推广部总监",地址是"国际金融商务区万富大厦 A 座 3 楼"。

姑娘看了看名片,又指着我说:"这位也是你同事吗?"

老文大概车开久了,一路上憋得慌,也随口吐出一句:"我们一起的……"不过老文这人的优点就是犯了错之后极其镇定,知道自己说错话了,就索性唱了起来:"我们一起的,一生都是一起的,一辈子都是一起的,永远都是一起的……"虽然唱得五音不全,但是歌词还编得有点样子,至少很像一首庸俗的情歌。

马子介绍我说:"这是我们的副总监。小赵,名片带着吗?"

我假惺惺地说:"忘记带了,不过幸好马总监带了。"

马子接着说:"小赵,这次我们回去一定要把那个业务结束掉,另外还有一个一百五十万的合同也很急。"老文一听这话估计觉得有点恶心,所以立即换挡拼命踩油门。

我配合着马子说:"其实还有一个两百万的。"

没想到马子说:"以后这些一两百万的小业务都不要接了,看着心烦。"

老文这个时候猛地一个刹车,不等大家从惯性中反应过来,就说:"到了。"

马子定了定神说:"你确定是这里?"问完看见前面大大的一块路

标——观顶湖村。

话刚说完,那两个姑娘就下车了,马子也跟着下车和两个姑娘像故友那样依依惜别,然后再次打开车门说:"我们还是去五龙潭吧。"

两个姑娘挥手和马子告别,老文就在前面路口掉了个头开始往回开。没想到那两个姑娘特别热心,忙说:"五龙潭一直开下去就好了,你们方向开反了。"

老文说:"我回头去加点油。"

姑娘说:"加油站也在前面的。"

老文说:"那我去前面调个头。"然后就刷地开走了。

开了五分钟后,马子坐在后面突然冒出一句:"我估计那两个姑娘还在等着我们调头。"

我和老文一致脱口而出:"调你个头。"随后老文觉得有所不敬,补充道:"马总监,你口才不错。"

马子边看窗外的风景边念叨:"我哪有骗她们,公司就在那边,我们业务不断,赵少我早想让你做副总监的,资金也是有的,而且名片也在的。"

老文没说话,估计他心里在说,公司是非法的,资金是越南盾的,名片就是明摆着骗人的。

很快我们又到达了西站,我和马子继续蹲守在花坛边,老文继续去拉客,但是毕竟乘黑车的人不多。老文看见背着一个大包拿着几张报纸的大爷,说:"老伯伯,去哪里呢?那边两个已经等着了,去的话赶紧吧。"

那大爷看了看我和马子说:"怎么又是这两个人?刚才不就是这

两个吗?"

老文一惊:"大爷,你去哪里呢?"

那大爷晃了晃手中的报纸说:"我常年在这里卖报纸的!"

这话立刻把老文击退了,经过十几分钟的时间,老文又开始游说一对夫妻,并且仍旧指向我们,以此快速把他们忽悠上车。正当我和马子走到车边的时候,那个男的拿起手机说:"快点快点,买几瓶水都这么慢。"随后又跑来一男一女。

那个男的说:"估计这么多人坐不下了。"

马子没来得及找理由,那边另一个开车的立即说:"我的长安面包车有位子,上我这来吧。"不到五秒,那四个人就在我们眼前消失了。

这之后老文觉得什么都要把我和马子拉上不好,于是看到个人就说:"去哪里啊,去的赶紧了,我家里父亲瘫痪,老婆生病,母亲要吃饭,小孩要照顾,今天最后一班了,你一个人也马上走了。"

由此我和马子在花坛边讨论,这辈子就算是做牛做马也不要做老文的父亲母亲老婆小孩。如果乘黑车的人少,那么这些人的命运在老文的嘴巴里会变得更加惨烈。

第六章

两天下来,我整天坐在花坛边看老文牺牲自己的爹娘老婆孩子让大家选择坐他的车,而马子也觉得我们这个"元邦客运文化有限公司"全体员工都聚集在一个地方很没出息,于是我和马子打道回府。马子除了去"金马文化策划有限公司宁波分公司"逛一圈,看看各种假证,就混在我和老文的住处。

马子一本正经地打开老文的电脑,我说:"马总监,斗地主来不来?"

马子更加一本正经地说:"我没那么空,很多事情还没处理好。"

我看了看宣琳的 QQ 头像暗着,但还是发了一句"真无聊啊"过去,没想到宣琳马上回道:你怎么知道我在?

我回道:我怎么知道啊?

宣琳回道:我在图书馆,你无聊什么?

这个时候马子说:"你刚说什么?"

我说:"没有说话啊。"

马子说:"最开始的那句。"

我说:"斗地主来不来?"

马子笑了笑说:"来的,问题是怎么来?"

我也笑了笑:"等老文回来。"

马子大概觉得无聊,于是把电脑音响开到最大音量,并且放的还是"玫瑰花开呀开"。

我说:"马总监,耳机借给你吧。"

马子陶醉似的摇摇手说:"没事,你留着自己用吧。"

于是我只好边和宣琳聊天边看看MSN、博客、空间、校内网等等,突然发现乐珊的空间里有一句写得极具诗意的签名:为什么清晨如同黄昏?我想了想,便在后面回复道:因为太阳从西边出来了。

刚回复完毕,手机就来了短信:快点到我们学校来,快点,后门。

短信是李百威发来的。

我回道:什么事情?

李百威说:有王八很猖狂,你有人带人,有家伙带家伙,没什么就自己来,一起揍死他们,学校后面。

在学校里面的时候李百威就和我称兄道弟,兄弟有什么困难我无论如何也要出个面,虽然有时候仅仅是亮个相而已。关键是我从不收出场费,所以需要人出场时大家一般都会想到我。

我把家里翻了翻,无奈我和老文平时不自己做饭做菜,别说菜刀,连把剪刀都找不到,唯一像样点的就是老文的一个指甲钳,而且指甲钳的体积决定了这只能是个暗器。高中生打架讲的是气势,恨不得背着马刀、扛着钢管上去吓人家,从没听说学生打群架还在袖子里面藏着两根绣花针以备急用的。

见我一副着急的样子,马子问:"你怎么了?"

这个时候我突然想到了没家伙但还可以找人,于是说:"马总监,我朋友被欺负了,能不能和我一起去?"

马子看着我说:"去哪里?"

我说:"就复旦中学,很近的,快点。"

于是马子在还不知道什么事情的情况下就被我拉着下楼了,结果一下楼我们两个都被保罗大妈给拉住了衣服。我在硬是向前冲的时候又被拖了回来,我拼命挣扎,马子见状忙在旁边劝说:"别别,别把衣服拉坏了,有事好好说。"

于是保罗大妈惊天动地地来了一句:"你们想吓死人啊,啊,啊?!"连续三个"啊"之后,马子立即被逼到了墙边,保罗大妈的一根手指像一把枪那样指着马子对我说:"你们都给我听好了,下次再给我听见放这么大声,我就报警啦。"

这个时候又一个中年妇女王素珍走了过来,王素珍住我们对面那一幢楼,也就是林浩的母亲。这女人比保罗大妈优雅,但是本质和保罗大妈一样,都处于更年期,只不过风格不同,保罗大妈是豪放派,王素珍是婉约派。王素珍走过来,瞄了我们一眼说:"这可怎么办呢,这可怎么办呢?又是赵少,我儿子都是被你带坏的,当今中国教育的三大弊端是社会、学校和家庭,赵少也算是一大弊端⋯⋯⋯⋯"王素珍这人比较相信老文,因为老文长得很正派又是大学毕业,所以这些话除了最后半句都是老文教给她的。

我和马子就像遇到了八戒和唐僧,一路狂奔赶赴复旦中学的后门。我始终认为,王素珍和保罗大妈的双剑合璧至少在望西街无人能敌,我恨不得把这两位都带上去帮李百威充场面。

　　等我和马子气喘吁吁地跑到复旦中学后门的时候,两队人马已经开始对峙了。那些高中生看起来无比拽,不是歪着头、翘着嘴就是绷着脸、斜着眼,以达到老子谁也不怕的视觉效果。

　　我和马子跑得路都走不稳,在喘息了一会儿之后,马子走到那堆人里对着领头的那个说:"小朋友,你们在干吗呢,学校组织看电影呀?"

　　我忙把马子拉到李百威这边来,说:"马总监,人家都不是小朋友了,这是在打架。"

　　"哦,打架。"马子突然一惊,说,"打架,那我干吗来?"

　　我忙嘘了一声说:"马总监,就是小朋友的游戏,你看着办吧。"

　　钟雄和我说:"那家伙就是说我们'命苦死啦'的,这次我们让他'命苦死啦'。"

　　对方那家伙对着我们说:"今天,你们就不要想走出这块地方了。"

　　这个时候,马子自告奋勇地走了过去,对着那个拿着钢管的家伙说:"这位小朋友,大家做做游戏就算了嘛,干吗还要拿着玩具,你看这玩具……"

　　这时后面走出来一个人推了马子一把,马子看着他们继续说:"我说小朋友们啊,我这都是为你们好啊。我也是过来人,我什么没经历过啊,三年困难时期,十年'文化大革命',等等等等。"

　　拿钢管的家伙说:"等你个头,脑子有病。"

马子仍旧不慌不忙地说:"小朋友,中国的传统美德,孝敬长辈你知道不?你这小朋友一看就是不懂礼貌,不过我大人不计小人过,我吃过的饭比你们吃过的盐还多。"顿了顿,想想这句话似乎很合乎常理,于是忙改口说:"我吃过的盐比你们吃过的饭还多。"

结果对方一个家伙笑了笑说:"你吃过的屁比我们吃过的盐还多呢。"

马子继续说:"我还是君子动口不动手,宰相肚里能撑船,英雄心里能忍百,恶人胆大,小人气大,君子量大。正所谓那个什么,东海广且深,由卑下百川;五岳虽高大,不逆垢与尘。事不三思终有悔,人能百忍自无忧。"马子说到这里眨了眨眼睛,估计还想背一些句子。

结果拿钢管那家伙说:"大哥,你到底打不打,别浪费我时间啊。"然后举起钢管对着马子说:"你再啰唆我就一把劈死你!"

马子大义凛然地说:"小朋友们,你们在学校多学点知识,将来出来我给你们介绍工作,来我公司也可以,你们不信是不是?"然后摸出一沓名片说:"来来来,一人一张不要急,都拿好,这个就是我的名片,以后有什么事情都可以来找我。"然后瞄了眼头顶上的钢管说:"小朋友,我还有事先走了,公司里面最近忙。"然后边走边挥手说:"走了,哈,走了,你们玩,慢慢玩,记得早点回家去,别让妈妈喊你们回家吃饭,再见,再见噢……"

马子走了一分钟之后,我们两队人马才又恢复了打群架的气势。那家伙扛着钢管走到李百威面前说:"你小子给我跪下!"

钟雄忙抚慰我说:"别怕别怕,这家伙就是在装逼。"说完之后自己倒显得很紧张。

李百威也显示出了作为带头人的风范,那家伙继续说:"跟我们'黑狼帮'作对,你是不是不想在这个学校混下去了?"

这时我左边的林浩像看见了鬼一样,说:"啊,黑狼帮。"钟雄见状又立即小声安抚道:"没事没事,别怕,大家别怕,都是装逼的。"

李百威说:"你们有种就别让我们走出这个地方。"

那家伙听了之后,立即将钢管重重地在地上一戳,还没来得及说出什么吓人的话,从远方传来一个缥缈的声音:"浩浩,浩浩呀,你怎么放学了还不回家呀?"王素珍这句话喊得差点让那家伙连钢管都拿不稳了。

钟雄对着林浩说:"你妈喊你回家吃饭了。"

于是林浩挺身而出,扶了扶眼镜说:"我先回家吃饭了,我下次再玩好了。"

王素珍看见我们这场面,有拿着钢管的,还有拿着木棍的,甚至还有扛铁锹的,于是说:"哟,同学们,你们这是在义务劳动呀。浩浩,下次有活动要和妈妈说一下的呀。"然后母子俩就走了。这两人的行为把我们两帮人的杀气再次浇灭,等看不到王素珍母子的身影,那家伙重新紧紧握住钢管说:"兄弟们给我上!"

钟雄转头跟我说:"甭理他们,他们在装逼。"

李百威说:"你以为我们还怕你们?"

那家伙简直是挥着钢管说:"今天不让你们付出代价,我们就不是'黑狼帮'。"

然后,后面那帮人都像农民起义那样气势汹汹地随时准备拿着木棍铁锹进行战斗,恨不得再喊个口号威震八方。这时钟雄继续说:"没事,他们在装逼。"

话音刚落,我们前面的人就像炸开了锅似的一下子打了起来,钟雄边和我撤退边说:"别怕,他们在装逼。"等我们俩退到一个拐角处,我说:"我们这样子不太好吧,太不兄弟了。"

钟雄说:"我们这是战略,我表哥那会儿打架就是先让一帮人冲,然后和他们耗得差不多了,我们再作为奇兵,出其不意地杀他们个措手不及。"

我说:"那万一李百威他们被打败了怎么办?"

钟雄说:"那就只能叫我表哥了。"

我十分怀疑地问了一句:"你表哥到底在哪里啊?"

钟雄说了一句令我晕倒的话:"英雄不问出处。"

我有点担心地说:"'黑狼帮'不是在我读书的时候就没了吗?怎么现在又有了?"

钟雄竟然拿出一包薯片说:"肯定是山寨版的,不用担心。"

这时候阿叉竟然打电话过来了,我一接电话,阿叉就说:"你这几天蒸发了啊?我刚到你家,你那个姓马的朋友说你在复旦中学后门,是不是啊?"

我说:"不是,你现在别来,去我家等着,我马上回来。"

没想到阿叉在那边大笑道:"你小子别和我来这套,去复旦中学泡妞也不叫上我,我两分钟内到。"

我说:"阿叉,我马上回来了,你别过来啊!喂,阿叉,阿叉……"阿叉已经把电话给挂了。

我探出头朝那边望了望,发现李百威他们大势已去,毕竟本来我们人就不多,再加上马子半路走了,林浩被他妈喊去吃饭了,我和钟雄撤退了,想想不禁伤感。我看着钟雄说:"还是叫你表哥吧。"

这个时候我的手机又响了起来,里面又传来阿叉很大的声音:"赵少,你在哪里啊?我到了啊!"于是我和钟雄都探出头去,没想到钟雄激动地说:"来了来了,我表哥来了。"钟雄这句话差点没把我吓倒。

阿叉骑着一辆电瓶车,拿着电话四处找我,而对方那帮家伙还在拉着李百威仅有的几个人不放,不过大家此时都看着阿叉。阿叉将电瓶车骑到他们身边说:"同学,你们认不认识一个叫赵少的人?"

对方那家伙看了看阿叉,又将钢管扛在了肩上,然后一帮人将他围住,阿叉忙说:"同学,你们这是干吗呢,干吗呢?"话刚说完就被他们从电瓶车上拉了下来。

阿叉继续解释:"我是来找同学的啊,同学。"

扛着钢管那家伙说:"还有最后一个,给我揍。"

阿叉忙说:"同学啊,我只是来找人的啊,你们是不是找错人了啊,啊……"结果我看见阿叉被拳脚相加了一番,我看着钟雄说:"这是你表哥?"

钟雄叼着一片薯片说:"怎么看着有点不像呢……"

钟雄靠着墙继续嚼薯片,而我正对钟雄感到无语,顺便感慨这场群架的溃败和我的爱莫能助。突然眼前出现几个人,看着我和钟雄说:"老大,这里还有两个。"

钟雄的第一反应是跑,结果被一把拽了回来,然后第二反应就是拿着薯片说:"大哥,都给你们吃,全都给你们,不够的话我明天再去买……"一个家伙立即夺过半包薯片,然后丢在地上用脚一踩。

对方顿时来了七八个人,三个人把我摁在墙边,另外几个把钟雄摁在地上,然后把我俩揍了一顿。钟雄刚被揍的时候还豪言壮语,没多久就变成了鬼哭狼嚎,最后被打得"五体投地",随后那一帮人就这么扬长而去了。

过了两分钟,我们几个残兵败将终于聚到了一起,李百威、阿叉、我、钟雄以及另外两个来不及逃跑的同学,一共六个人。受伤最严重的是李百威,嘴巴被打出了血,受伤最不严重的是阿叉,哪里都没出血,不过据他的话说是,心在出血。

大家碰在一起,李百威总结出一句话:下次一定得打回来。钟雄表示沉默,我表示精神支持,两个同学表示不反对,阿叉直接表示关他什么事,然后推着被打成三级残废的电动车意味深长地吐出一句:"什么时候请我吃饭?"没等我张开嘴巴,阿叉马上说:"这个市委还没决定。"

我十分关切地说:"阿叉,你进步很大。"

阿叉说:"从我失恋开始,这话没对你少说了。"

我几乎握着阿叉的双手说:"你今天真是没白来,被揍一顿开窍得这么快。"

阿叉说:"那市委难道真的还没决定?"

我听了这话,说:"阿叉,下次我们再来。"

阿叉面无表情地说:"我请你吃饭好了,去我们学校,几个朋友一起。"

我说:"算了,晚上还得去练练车,改天吧。"

阿叉说:"别这样,我还约了乐珊。"

我一惊,说:"她会来?"

阿叉说:"本来不来,刚发了短信给她说你来,所以也来了。"

我立即拨通乐珊的电话:"你晚上和阿叉一起吃饭啊?"

没想到乐珊说:"我实在不好意思放他鸽子,虽然我真的很想放他鸽子。"

听了这句极其纠结的话之后,我看了一眼阿叉说:"哦,那没事没事,我帮你搞定。"

挂了电话之后,阿叉问:"有事不能来了吗?"

我继续抱着蹭饭吃的心态说:"本来有事,但我可以帮她搞定。走吧,等会儿一起吃饭。"阿叉听了我的话,一时来了精神,马上跳上电动车,然后让我也上车,就这么吱吱呀呀驶向了那所三流大专。

如同我们这群人吱吱呀呀地活在望西街。

第七章

阿叉在餐馆里打了半天电话,然后我们又等了半天,那位朋友终于姗姗来迟,而我在看到他的面容之后便一惊,此人竟是艾森。我想吃个饭等领导就要等上大半天,没想到艾森和我们打过招呼之后说:"再等等,我一个朋友马上过来。"

阿叉一看就是在学校里面要依靠艾森的,一个劲地说:"没事没事,我们不饿。"

我们只能空着肚子望着外面的车水马龙,我平生比较讨厌的是因为艾森这样的人而让我失去一些选择的自由,譬如什么时候吃饭,更加讨厌的是这样的人还不止一个。这就像碰到一个智商低的人,恨不得立即蹿上去就掐死他,尤其此时的艾森还一副处之坦然的样子。我估摸着等会儿来个学生会副主席什么的,那就彻底完蛋了,说不定吃得阿叉连内裤都没了。

这个时候我的手机铃声响了,我一接听就传来马子的声音:"老文今天跑远了还没回来,我们一起出去吃饭吧。"

我说:"我和朋友在外面吃饭了。"

马子说:"哪里啊,我马上过来。"

我说:"马总监,下次我和你吃吧。"

马子表现出明显的蹭饭心理:"我就喜欢和你们年轻人在一起,虽然我也不老……"眼看着马子又要发挥啰唆这项绝技了,我忙告知地址让他过来。不过当马子跨进餐馆门的时候,艾森的朋友还没到。

马子看了看我们,坐定之后一脸歉意地说:"同学们,真的不好意思,让你们久等了。来来来,开始吧,服务员……"

艾森继续优雅地说:"不,等等,我朋友还没来。"

马子听了这话,小声嘀咕说:"原来还有比我更牛逼的。"

又过了一刻钟,这位人物终于出现了。这是一位女生,和之前跟艾森吃饭的两位不一样的是,这位更加漂亮了点,而且明显会打扮,这也是某种程度上让我们久等的原因,当然这也某种程度上减轻了我们久等的烦躁。因为大家都爱看美女,只是大家不愿看到美女属于艾森这样的人。

马子由于不了解情况,便说:"姑娘长得可真漂亮。"边说边用最色的眼神上下打量,但是立即被艾森更加猥琐的目光给击了回去,然后只剩阿叉迷茫的眼神游离其中。我闭了闭眼睛说:"阿叉,我们点菜吧。"

我由于比较喜欢吃素又想简单点,所以跳过一大串菜名,点了盘酸辣土豆丝,没想到那个女生看着艾森用极嗲的声音说:"这个又酸又辣,我不喜欢吃。"

我心想：你这是嗲给艾森看呢还是嗲给我看呢？

没想到艾森接过菜单看着那女生说："亲爱的，那你要吃什么呢？"

这话差点让我未吃先吐，并且由此感慨，当领导的就是好，吃的钱永远是公家的或者人家的，泡的妞永远是私家的或者自家的，并且可以二奶三奶小三小四一字排开。

既然我们尊重领导，那么也要尊重领导的家属。于是我那道农民级别的酸辣土豆丝就被取消了，理由是阿叉说："我们要吃点有特色的。"看来阿叉完全臣服于主席艾森。

结果上来的菜全都很有特色，一道名叫"百味水蒸锅"的菜，立即引得马子拿起筷子就想尝味道。结果人家艾森和他的女人拿起了管子，先用调羹盛一点到碗里，再用管子吸，马子看了半天放下筷子说："这个是饮料吗？"

艾森用领导对基层的口吻说："拿起管子，自己去试，自己去品，自己去尝。"

马子估计在想，这小子还真是够拽的。

接下来，艾森提议喝酒，喝酒之前旁征博引、引经据典说了一大堆喝酒的理由。这也符合马子背诵古今中外名言名句的特色，只不过这方面艾森比马子强，马子说来说去只会那句幼儿园大班小朋友都会的"明月几时有，把酒问青天"，而艾森一开口就是："花间一壶酒，独酌无相亲。举杯邀明月，对影成三人。"马子听到这里还算有点头绪，于是想附和几句，没想到艾森继续说："月既不解饮，影徒随我身。暂伴月将影，行乐须及春。我歌月徘徊，我舞影零乱。醒时同交欢，醉后各分散。永结无情游，相期邈云汉。"艾森背完李白的这首诗之后，大家顿时没了声音,马子一定在想:算你狠。

然后阿叉竟然半睡不醒地鼓掌说:"好好好,艾主席这首诗写得真好,真不愧是文学社的前社长。"

艾森此时不动声色。

马子也挤出笑容说:"好,同学你写得真好。"

艾森仍旧面不改色。

那女生说:"这是你的新作品哦。"

艾森依旧保持学生会主席成熟又沉着的风范。

我觉得再这样下去,我可能会控制不住自己上去把艾森给掐死,不然真对不起李白。我忍了忍说:"阿叉,叫服务员吧。"

艾森这时候又扯了一大堆高雅的酒名,在我看来全都乱七八糟一个也不认识。只有马子插了一句:"对对,轩尼诗,轩尼诗。"

艾森继续说:"轩尼诗?这只是大众品牌。"然后又是一大堆叽里呱啦的鸟语。

最后服务员实在看不下去了,说:"先生,我们这里只有啤酒。"

我说:"那就来五瓶啤酒吧。"

马子伸出一只手说:"再加五瓶。"

酒喝到一半,艾森用成熟的语气问我:"赵少,其实我很看好你的,最近在写什么东西吗?"

我拿着酒杯说:"最近没有东西写。"

艾森皱了皱眉头说:"文学这东西嘛,靠的是感觉。"然后搂了搂身边的姑娘:"知道吧,就是靠的是感觉。"

马子忙喷着酒气说:"他不是说没写东西,他是说没东西写。"

艾森突然将注意力转向马子说:"这位同学是哪个专业的?"

马子猛喝了一口说:"我之前去过海南,现在专业是策划,这个以前是东……东方红小学的。"

艾森双眼迷蒙地说:"哦,原来是小学生。"

大家差不多喝了十几瓶后,马子和艾森有点晕乎了,阿叉和我喝得最少。这时我起身去厕所,我去厕所那是真正的要上厕所。没想到我刚进门,马子也跟了进来。

我说:"马总监,你喝多了吧?"

马子说:"哪有,但是你那个同学是个人才啊,上知天文下知地理,有机会我一定要让他加入我的公司。"

话音刚落,阿叉也进来了,我想,这次不会集体躲厕所里让艾森买单吧?没想到马子倒了出去,不过跨了两步又回来了,说:"你们怎么不走?"

我说:"我洗把脸。"

马子说:"我也洗把脸。"

阿叉说:"那我也洗把脸。"

洗了差不多一分钟,马子甩了甩手说:"洗好了吧?"

阿叉说:"洗好了。"然后对着镜子说,"咦,我脸上怎么长了痘痘?"

我对着镜子说:"我好像也有。"

马子见状立即拍了自己一巴掌说:"我怎么也有啊?"

看了半天,我说:"好了,别管它了,走吧。"

阿叉说:"没事没事,走。"

马子也说:"男人嘛,没关系,走,走。"

结果大家都没走出厕所门,最后还是阿叉带领我们走了出去。

回到原位,却不见了艾森和那个女生。突然我发现,艾森和服务员在柜台边对话,大意是艾森也要上厕所,结果服务员大概看见人都走光了,于是不让他上。

马子看了看说:"那女人,刚才怎么没看见?"

阿叉说:"人家上的是女厕所……"

过了三分钟,五人终于又聚在一起,又相互之间唠唠叨叨说了些废话,马子也给每人包括我发了一张名片,最后由阿叉垂头丧气地买了单。五人走了一段路,艾森和那女人就和我们道别,然后不知道拐到哪里去了,总之不是学校,马子则一个人晃晃悠悠走在前面。

我对阿叉说:"艾森这家伙也很俗,你是不是有求于他?"

阿叉说:"在学校里我要臣服于他。"

我说:"臣服的首要条件,好歹是个臣,你连个学生会会员都不是,臣个屁!"

阿叉说:"大哥,学生会的委员,你好歹也读过点大学的啊……"

我说:"一个称呼而已,怎么叫都一样的,你干吗服他呢?"

阿叉说:"我女朋友很尊崇他,所以他和我女友说几句,估计我们能重归于好了。"

我突然很后悔自己不去上大学,然后没进入学生会,要知道那可是一个泡妞的好地方。有那么一瞬间我想一辈子待在那个组织里面,因为任何事情只要打着组织的名义,就会显得崇高和正经许多。譬如阿叉作为一个草民,在大家眼里只会泡妞,并且泡来泡去还只会泡一个妞,而且泡来泡去还把这个妞泡丢了。但是艾森作为学生会主席,不仅成熟而且浪漫,始终追逐着那扑朔迷离的爱情,并且追逐来追逐去创造了很多的浪漫故事,而且成功地将那些浪漫故事演绎成了激情故事。

这就是我为什么希望一辈子待在这些组织里的原因,组织能够为我提供名义,而我却不能够为组织增光添彩,这就是我进不了组织的原因。幸好在200公里外的上海,还有一个姑娘叫宣琳。她竭力反对我说的话,却竭力维护我说话的权利,这就是宣琳,我的爱情。

此时我发现前面已经没了马子的身影,正准备回家,阿叉一把拉住我说:"乐珊怎么没有来呢?"

我说:"你自己想要和女友和好,还想着乐珊。"

阿叉说:"我女友说她喜欢艾森,她会默默地等他的……"

我拍了拍阿叉的肩膀说:"这话连我都替你感到伤感。"

阿叉看着我说:"结果他们就在一起了,不过这是以前的状况。"

我安慰阿叉:"别难过了,重要的是现在。"

阿叉说:"是啊,现在又分了啊,可我女友说还会等他的。"

我难过地说:"阿叉,你别说了。"

阿叉说:"你为什么难过?"

我说:"我胃难过,没有什么。"其实我难过的是当初怎么就没进学生会呢。

和阿叉依依惜别之时,我发誓市委已经决定,下次一定请阿叉吃饭,最后再次叮嘱他别再骚扰乐珊,人家已经有男朋友,并且私订终身了。

阿叉说:"可是她刚分手不久。"

我说:"那是小道消息。"

阿叉说:"这个也要市委决定吗?"

这个时候我已经跳上了出租车,上车后发现这三流大专离我住处不远就又赶紧下车,的哥随口一说:"你好歹付个起步费啊。"阿叉听了忙掏出十块零钱帮我递给的哥:"给给给。"的哥拿了钱就开走了。我对阿叉说:"我到家也才起步价啊。"

阿叉说:"没事没事,我们再聊聊再聊聊,你说艾森好在哪里?"

我说:"比艾弗森名字简单点。"

这时候乐珊竟然打来电话,我按下接听键说:"乐珊……"阿叉听了我的话一惊,说:"乐珊?"

乐珊说:"你那边有回音啊。"

于是我边说话边走,然后示意阿叉在原地等我,渐渐地我就看不见阿叉了。在和乐珊叽里呱啦讲了一阵之后,我已经走了一半回家的路。挂了电话,我向后望了望,有一瞬间替阿叉感到难过,然后在这一瞬间阿叉发来短信:我回学校了,下次见吧,我也胃难过,但没有什么。

我竟然莫名其妙地回了一条:为什么?

阿叉稀里糊涂回了一条:胃没什么,胃里什么也没有。

第八章

我到家的时候,马子正徘徊在我家楼下,而老文这个时候还没回来,打他电话也关机了,于是我和马子上楼继续等老文。

马子说:"都这么晚了,莫非跑到上海去了?"

我说:"那你就等着发财吧。"

马子说:"这得看老文的口才了,宰得好,翻一倍也是可以的。"

我对着电脑说:"这么晚回来,我车也不能开了,老文还让我尽快上路呢。"

马子说:"急什么急,你先开开极品飞车找一下感觉好了。"

我说:"今天肯定赚得高兴了。"

这时候老文突然进门了,一脸的疲惫,马子忙拉住他嘘寒问暖。

老文有点灰头土脸地说:"马总监,我跟你说……"

马子忙从卫生间拿来毛巾说:"来来来,先洗把脸洗把脸。"

老文拿着干巴巴的毛巾说:"马总监,今天我……"

马子忙递上一杯茶说:"不急不急,先喝一口,润润喉。"

老文拿着茶杯说:"马总监,今天我从奉化回来……"

马子拉着老文的手说:"哦哟,都到奉化去了,来来,先坐,慢慢说。"

这个时候,老文拿着凳子说:"马总监,我今天从奉化回来的时候,车子跟人家撞了,我是实在没办法,给了点钱叫一辆农用拖拉机拉回来的。"老文看了看马子,此时他毫无表情,然后马子吐出一句:"你怎么不早说啊?"

老文继续说:"后来那农用拖拉机回去时还被交警拦住了,我为了息事宁人,还交了两百块钱罚款,然后……"

马子一脸纳闷地说:"别说了,别说了。"控制了一下情绪之后说:"我们下去看看。"

我们走到楼下,只见马子的小夏利以两盏大灯为核心,基本朝着毁容方向迈进。马子爱车心切,走上前去,想抚摸一下,被老文连忙制止,老文说:"它已经很痛了,你就别碰它了。"

马子恨不得双脚跺着大地说:"你这是和什么车在撞啊?!"

老文说:"就是那种装集装箱的……"

马子悲伤地说:"你怎么在开的?你没报警吗?难道责任全在你?"

老文说:"没报警就是因为我知道是我全责。"

马子有点激动地说:"要是我在,至少让他赔个百分之五十。"

老文想了一会儿说:"马总监,当时的情况是这样的,我在开车,而那辆集装箱卡车是停在路边的……所以……不过,就算是单方事故,也可以走保险。"

马子立刻提高嗓门说:"你觉得我这车有保险吗?"话音刚落,汽车的其中一个反光镜"咣当"一声掉了,马子更加伤心了,老文忙安慰:"马总监,我不是让你说话别这么大声吗,这反光镜早就掉了,我为了不打击你,刚放上去摆个样子的……"

这时候传来"啪啪啪"的脚步声,保罗大妈随即出现在我们眼前,然后大吼:"大晚上的你们几个干吗啊,吵架啊?还摔东西,还让不让人活啦,啊,啊……"

马子立刻上前,恨不得堵住保罗大妈的嘴,说:"嘘,大婶,轻一点,轻一点好吗,算我求你了。"

保罗大妈张着大嘴说:"啊,什么?轻一点?这话是我要对你说的啊,啊……"

这时候王素珍也被惊动了,她也迈着步子款款而来。"怎么了,怎么了,发生什么事情了?"然后看着我说,"赵少,怎么又是你?又闯祸了?"接着看着老文,用截然不同的语气说:"阿文啊,你也在啊。对了,我跟你说,最近我家浩浩学习成绩又下降了,注意力老是不集中,你说这可怎么办好呢?"

老文听了这话,立即一步跨到王素珍身边,以一副知识分子的样子说:"这个问题,很严重,很严重……"

王素珍一听这话,恨不得拉着老文就往自己家里走,去深入讨论一下,老文则拉着马子喊:"马总监,马总监……"

马子拿着一块反光镜,带着哭腔说:"反光镜啊,反光镜啊……"

保罗大妈则呆立在那里拉着自己的衣服说:"我的妈啊,我的妈啊……"

大家就这么待在一起行为艺术了一阵子,然后各回各巢。我们三个人回到屋子,马子就开始问:"这车子到底该怎么修?"

老文犹豫了好久说:"去汽车修理厂修。"

马子耐着性子说:"不是讨论去厂里修还是自己修,我问的是怎么修。"

老文想了想说:"用工具修。"

马子说:"不是讨论用工具修还是不用工具修,我问的是怎么修。"

老文又皱了皱眉头说:"那就简单地修。"

马子说:"不是简单地修还是复杂地修,我问的是怎么修。"

这个时候老文终于有点开窍了,明白这个问题的深层含义是谁来承担修车费用,于是爽快地说:"那就我来修。"

见老文说到点子上了,马子也客气地说:"那我也不是这个意思,假如你非得修的话,那就拿这几天的收入去修吧。"

老文坐在那边说:"不是我非得修,是汽车非得修。"他看了看马子后继续说:"当然这汽车我非得修。"

马子听了这话,额头都快出汗了,连忙告辞,然后夺门而出。

这个时候我和老文各自对着电脑安静了好一会儿。老文说:"你在干什么?"

我说:"在写长篇小说。"

老文点起一根烟说:"我也是,我差不多快写到结尾了,你呢?"

我闻着老文的烟味说:"我也差不多了,就是再修改修改。"

老文说:"到时候我们一起找出版社吧,我看就找文学出版社,这个出版社有名,也有品。"

老文刚说完,QQ 上乐珊发来一句:我失恋了。

我诧异地回了一条:够直接的。

乐珊回道:我又不是向你表白,你有意见吗?

我说:你们不是要天长地久吗?

乐珊回道:当初应该是忽略了一个字,我们把"屁"字给忽略了。

我说:那你就好好学习天天向上吧,为祖国四化建设而努力奋斗。

乐珊说:你能让你那个叫阿叉的朋友不喜欢我吗?我对他没感觉。

我本来想对乐珊说你自己直接和阿叉说这话好了,但是突然发现阿叉的 QQ 头像竟然亮着,于是我就把这句话复制粘贴了过去。

过了几秒钟,阿叉发过来一坨屎,外加一句:这话肯定不是乐珊说的。

我回道:这话不是乐珊说的,我就请你吃饭。

阿叉回道:你早就可以请我吃饭了。

我说:这话不是乐珊说的,我被车撞死。

阿叉说:你还是请我吃饭吧。

由于失恋,乐珊情绪糟糕,一定要让我和她去江边走走。我想了 N 个婉言拒绝的句子,还没来得及开口,她就来了句,你真没人性。所以为那一点人性,我只能出去了。

这个季节的江边有那么一点冷,在我发了 N 条短信找不到她人的情况下,却一个回头看见她坐在木椅上,这感觉就像"众里寻他千百度,蓦然回首,那人却在灯光不亮处"。我走过去小心翼翼地叫了声:"乐珊……"

她终于抬起头,说:"我是应该和星星一起数着你的心事,还是应该和你一起数着天上的星星?"

我被这话吓了一跳,说:"你再说一遍,我还没明白意思。"

乐珊继续伤感地说:"等到放晴的那一天,也许我会好好再爱你一遍。"

我说:"这句我懂,有点像周杰伦的歌词。"

乐珊停顿了一会儿,望着黑黑的江面说:"当风筝厌倦了天空,是否就会义无反顾地坠入大海?"

我说:"未必,虽然这世界上三分陆地七分水,但是有水的地方不一定就是海,而且也不一定落在有水的地方……"

乐珊猛地看着我说:"赵少,你是不是笑我?那你就笑吧。"

我说:"不是的,我只是觉得你突然间很有才华,是原创的吗?"

"赵少!"乐珊大叫一声说,"我这话不是对你说的,你自作多情什么?"

我忙说:"我知道我知道,只是你失恋,我自恋,我就这么应和一下,你不要激动。"

这时乐珊一脸委屈地说:"赵少,我很想骂你。"

于是我取出 MP3 说:"可以开始了吗?"

说完这话,我就将耳机塞上,里面放着一首夏洛克的歌曲,这家伙的歌曲向来以歇斯底里著称。我听着音乐看着乐珊一动不动的表情,这个时候宣琳发来了短信:怎么没上网?

我回道:在外面,马上回去。宣琳说:这么晚还在外面,是不是和女生一起啊,老实交代。于是我只好老实交代,这个时候宣琳就直接打电话过来了,我摘下耳机拿着手机和宣琳进行千言万语的解释。最后我都没听清楚宣琳讲了什么,就听见乐珊说了一句"真羡慕你们",说完她就走了。

于是我拿着电话对宣琳说:"我爱你。"

宣琳一下子安静了,然后说:"什么?你刚说什么?对我说的?"

我说:"宣琳,我爱你。"

电话那边又安静了一会儿,然后传来三个字:"真肉麻。"

我拿着电话说:"我是说真的。"

宣琳又是三个字:"我知道。"

这个时候我已经看不见乐珊的影子了,我总觉得人失恋了就会很奇怪,什么都会很怪异,不知道失恋是一种压力还是一种能量。我就这么一直拿着电话沿着江走,突然飘起了小雨,这时候人最感性的一面就爆发出来了。我和宣琳说着最缠绵的话语,挂了电话之后差点把自己都感动得眼眶湿润。电话铃声再次响起时,我接起电话说:"其实我们这里正下着小雨,我一个人在江边,对岸灯火阑珊……"

那边静了两秒,传来老文的声音:"我知道,可是我这里雨已经很大了,你的内裤我来不及收了……"

我突然间感觉雨点像黄豆般打在我身上,我开始飞一般地奔跑,淋湿的衣服紧贴着我的肉体。我不知道有时候究竟是左脑造就了世界还是右脑造就了世界,好像一个感性的灵魂躲在性感的身体里,在一条条盛着理性的柏油马路上,为了内裤为了爱情为了理想而疯狂奔跑。

我回到家,老文悠闲地坐在那边,而我就像刚从江里爬上来似的。我冲进卫生间冲了个澡,然后就躺倒在床上,在百般无聊的情况下玩起了连连看。我边玩边和宣琳进行语聊,由于老文的存在,我不敢把话说得太肉麻,而老文每次和女友聊天都当我不存在。老文一旦进入状态,就把所有人都当作不存在,这点很具有艺术家的性质。

在和宣琳聊了一会儿之后,我就思量着该再去一趟上海了。我算了一下,身边一共还有两千来块钱,去个三四天还是没问题的。老文得知这个消息之后,立刻赶写他那本《蓝色的爱着的我的你》,说顺便让我带到上海去,一定要去那个文学出版社出,拼了命也要那个出版社出,死了也要那个出版社出……

我说:"老文,好了,我明天就去,你别激动。"

老文听了这话就盯着电脑开始噼噼啪啪敲起了键盘,这种认真劲倒挺让人感动和佩服,可是感动和佩服不能当饭吃。

我本来想和宣琳说去看她的,但是为了给她惊喜,我就丝毫未露出痕迹。

我说:"你想我了吗?"

宣琳说:"不告诉你。"

我说:"为什么呢?"

她说:"等来了告诉你。"

假如把恋爱当作一门艺术,那么也要谈得有点创意。所以我就想去上海,然后突然出现在她寝室楼下,但是当我产生这个想法十秒之后,就觉得其实这个行为挺俗的。不过很多人都是这么过来的,感情终究不像艺术品,学了后现代主义,忘了马列主义。

我就按耐住兴奋和宣琳继续聊天,假如拿掉"恋爱"这个词,我们的对话是极其无聊的。其实天底下很多情侣也是如此,但是假如加上

"恋爱"这个词,再无聊的对话也是如此生动缠绵。

我们一直聊到宣琳的寝室断电断网,然后我以断电断水的语气感慨学校寝室的不人道,最后习惯性地东逛西看一番,就把电脑给关了。此时老文还是一丝不苟地盯着屏幕,我突然发现老文写长篇小说的样子和开车时一模一样。

我说:"老文,你早点睡吧,我明天下午走,不急的。"

老文说:"没事,我再来一局。"

我抬起头说:"你写小说不是一章一章的,是一局一局的?"

老文说:"我在玩极品飞车,这局好写。"

于是我就把被子想象成宣琳,然后抱着被子睡下了。睡了一个小时硬是没睡着,因为我脑子里总是本能地想着老文玩极品飞车时的情景,更重要的是老文玩得不好。去年夏天我参加了浙江省第一届E世界游戏大赛,在极品飞车项目比赛中,我获得了高中组第三名。我原想会得到老师的表扬,说些"虽然学习不努力但这方面还不错"之类的话语,没想到班主任对我说:"知道为什么得奖吗?那是因为你整天不读书就知道玩游戏。知道为什么在高中组得奖吗?那是因为高中生大多数在读书而你在玩游戏。知道你为什么得第三名吗?因为高中组就这么三个人参加比赛……"

在我玩完极品飞车之后,只能等着被极品教师玩。

我转个身说:"老文,你现在在玩几?"

老文伸出两根手指说:"六六六。"

我说:"老文,你把音响开起来,让我听到声音。"

老文说:"这不行,会影响你睡觉的。"

我说:"你给我声音,我给你指导哪里转弯,哪里加速。"

老文瞪着眼睛说:"你这话怎么说得跟神仙一样,不过不行,会吵到人家的。"

我说:"你开小声点,让我听到就行。"

过了十秒钟,老文说:"听到了没?"

我两只耳朵拼命寻找声音,但是只听到一些杂音,我说:"老文,这声音怎么有点变态?"

老文拿着耳机说:"我是插了耳机让你听的。"

我说:"你开音响啊。"

老文拔出耳机说:"音响坏了……"然后说,"不玩了不玩了,我把稿子给弄完。"

于是我又转个身,抱着被子,看着墙壁说:"老文,你说我们这书能不能被出版社给看上?"

老文打了个哈欠说:"拼了也要上,死了也要上……"

我说:"别这么暴力,我们又不是砸场子去的。"

老文说:"你放心,我很相信文学出版社的品位。"

我说:"他们相信你的品位吗?"

老文突然叫了声:"点习惯了,又进到极品飞车里面去了……"

听按键盘的声音就知道老文又在飙车了,但是突然间又没声音了,只听见老文嘀咕了一句:又死机了。我就这么一直处于半睡半醒的状态,在我看来有许多事情要做,譬如明天和宣琳的突然碰面,把稿子送到上海的文学出版社……以及一系列在王素珍、保罗大妈等人看起来极其不循规蹈矩的事情。

我突然以一个沉睡者的姿态思考起了一些哲学问题,譬如为什么人类一思考上帝就发笑。想完这个高深的问题,就传来老文的声音:"哈哈哈,原来不是死机,哈哈哈。"这笑声让我感到毛骨悚然,并且觉得上帝就坐在我旁边对着电脑玩极品飞车写长篇小说。

在迷迷糊糊中熬到了天亮,我就一直这么躺在床上,比起昨晚的癫狂样,老文现在正常了许多。透过窗户面对着并不明朗的天空,我们又各自谈起了人生谈起了理想。我和老文你一言我一语说出了最伤感最有哲理最深奥的话,在无法用语言形容的时候,老文就动起了手动起了脚活动活动筋骨,最后感慨,我们之间的废话真是一天比一天少了。

我说:"老文,我们的废话少了,这是不好的趋势。"

老文用思想者的姿势说:"是啊,就像这世界少了废物废品,就不和谐了。"

我支起半截身体说:"你赶快去把我们的小说打印出来吧,我下午就去上海了。"

老文说:"我们把全部希望都投注到这上面了。"

我说:"别这样,那万一死了怎么办,我们连希望都没有了。"

老文起身走到窗边,仰着头沉思了一会儿,按照这姿势这动作老文又有佳句要脱口而出了!只见老文闭了闭眼睛,又酝酿了一会儿说:"老子为什么听不懂这草泥马之歌?"

我听了这话,忙边穿衣服边说:"那你问问孔子。"

接下来的时间,我把稿子大致看了一遍,老文则用谷歌地球把文学出版社的方位给完全锁定了,并且告诉我可以乘地铁几号线到达。

其实这些事情我早就做过了，但我不能打击老文的信心，毕竟这是他第一次用谷歌地球，我总不能让他对着地球失去信心。但是我发现老文接下来每次打开谷歌地球就会对着地球感慨一句，这就是地球你啊。

下午我准备出门的时候，马子进门了，见我背着包，说："这是去哪呢？"

老文说："他去上补习班。"

老文这么一说，我突然发现补习班还真是被我忘得够彻底的。自从我爸帮我报了补习班，家里就再也没对我进行多大的管束，他们对外宣称我完全属于自生自灭类型。后来我和老文专门在睡前讨论过"自生自灭"这个成语。老文的意思是，其实这个世界上没有人会真正想把自己的身体给灭掉的，然后我的意思是，其实这个世界上更没有人会真正想把自己的身体让别人灭掉的。于是我们的结论是，其实这个世界上，自己的身体还是要靠自己来灭掉的，这样才伟大。

由此证明，其实家里一直对外宣称我是伟大的，只是需要满足的另一个条件是，外边的人都是老文这样的人。

在马子和老文用宝马公司研发新系列产品的口吻讨论那辆破夏利的维修问题时，我已经匆匆赶往宁波南站准备去上海这个让我有所挂念的城市。

第九章

快到收费站时,车子再次被堵住,于是我只能给宣琳发短信,我扯了个谎说,今晚和朋友一起出去吃饭。宣琳问我男生女生,我说女生,宣琳问我几个,我说一个。她说为什么要吃饭,我说人家要去外面读书了,分别前再见我一面。

这个时候宣琳终于爆发了,每句话基本都可以加个感叹号,这也打破了我昏昏欲睡的状态。后来我发现玩笑开大了,宣琳就像一杆火枪一样走火了,于是我只能赶紧变水枪灭火。我犹豫了好久,发了条短信说,我差不多已经到上海了。

宣琳回道:什么?为什么不早告诉我?

我说:想给你惊喜。

宣琳发了很长的一条短信,大概意思是她不要这样的惊喜。

我说:我以后会经常突然出现在你面前。

宣琳回以坚决的两个字：不要。

我回道：好吧，我知道了。

宣琳回道：既然来了就高兴点，我等你。

大巴在慢慢地往前挪动，已经十一月份了，车内开着暖气，玻璃窗蒙上了一层白茫茫的雾气。我一只手拿着手机，另一只手擦着玻璃，玻璃又渐渐地模糊了。路两边的灯光慢慢变得密集，在昏暗的车厢内，我总有一种说不出的滋味——我想要立刻冲出去站在十一月的上海街头，却不知道要干什么。这种感觉让我的心里有点像玻璃那样潮湿。

下了车，我和以往一样又花了一个小时来到宣琳的寝室楼下。过了两分钟，宣琳就下来了。我们互相凝视，拥抱，再相互凝视，拥抱，最后牵着手一起去吃晚饭。这些动作看起来是如此简单和轻描淡写，就如当初第一个拥抱那样，而我为了第一个拥抱写了整整两篇文章。

这次我和宣琳快速敲定了吃饭的地方，然后就坐在那边聊了起来。宣琳不小心将番茄酱沾到了衣服上，她惊动不小，而我由于又累又饿还没反应过来，她擦完后看着我说："你怎么对我不闻不问？"

我此时才反应过来，看着她说："哦……我帮你擦一下吧。"

宣琳说："你这什么反应？"

然后我就夹了一些东西给她吃，接着跑过去给她点了一杯奶茶，我们俩就这么咬着吸管喝着奶茶。宣琳时不时在一股烟味飘过来时嘀咕一句：册那，讨厌。

宣琳突然把吸管从嘴巴里拿开，看着我说："你说假如我们分手，你会怎么样？"

我看着前面那位抽烟的大叔说："我会抽烟的。"

宣琳说:"悲伤不也就这么几天,过去了你就会好了。"

我听了这话就没说话,周围的位子渐渐变空,而我一直低头含着吸管。

宣琳说:"你是不是在想我们分手时的情景?"

我摇摇头说:"没想过。"

宣琳换了种口气说:"好了,别多想了,我们不会分手的。"

九点多的时候,我们从餐馆里出来,然后就在五角场那一带闲逛。牵着宣琳的手,在温暖的灯光和微冷的秋风中,我心里觉得憋得慌,总感觉想表达些什么却又说不出来。

宣琳说:"你怎么不说话?"

这个时候我突然发现我被一首诗堵得慌,不管这是一首浪漫诗、朦胧诗、古体诗、现代诗、长诗、短诗、正诗还是歪诗,似乎本能地要将这首诗脱口而出。

我紧紧拉着宣琳的手说:"不行,我要即兴给你一首诗。"

宣琳打了我一下说:"你以为你是唐伯虎啊。"说完就打了个喷嚏。

我顿时情不自禁地吐出一个字:"操。"

宣琳说:"诗呢?"

现在我终于明白这是一首短诗,即兴发挥的往往是对情感最真实的写照,我感慨自己能把"操"这个字念得如此具有诗意。当然任何艺术家和科学家都难以理解我的意思,不是我有多么聪明,只是这种"诗意的操"是我的私人密码,独家拥有。

宣琳摇着我的手说:"诗呢诗呢?"

我看着宣琳说:"诗就一个字,我只说一次。"

宣琳显然有点莫名其妙，在我暗示之下仍然一头雾水。于是我干脆进行解释，但是宣琳仍旧一头雾水，搞得我差点再作诗一首。

我说："宣琳，你要做我多长时间的女友呢？"

这个时候宣琳的手机有短信进来了，她边看边说："只要你愿意，那我也愿意。"

我看着她的手机说："谁的短信啊？"

宣琳将手机放进包里说："是便民短信。"

我边走边说："哦。"

宣琳说："哦你个头。"

我们沿着邯郸路朝着复旦那个大门走，权当散步。虽然宣琳很不喜欢散步，但这是自然而然发生的。大家都不会平白无故地说喜欢恋爱，但是大家确实平白无故地热衷于恋爱，热衷于男人，热衷于女人。

我看了看沿街的商铺说："对了，你生日快到了，你想要什么礼物呢？"

宣琳看着我说："傻瓜，今天就是我的生日……"

我说："哦，我知道知道……"

宣琳突然一笑说："没事，其实我自己也忘记了。"

宣琳说完这句话，我就把她拉进了一家饰品店，我心里一直想这么对宣琳说："虽然我现在没钱，但是我可以给你买这里的戒指项链耳环，你必须相信我，等我一些时间，我现在给你买十块钱一个的戒指，你要相信我，我以后不会辜负你。我们以后回忆起这段时光，会觉得尤其美好，尤其值得，你会笑得很灿烂。但你现在必须相信我，相信我……"

在宣琳选了一个戒指走出来之后,我才说出来:"虽然我现在没钱,但是我可以给你买这里的戒指项链和耳环……"之后我就吐不出半个字了。

宣琳拿着那只假得不能再假的戒指说:"然后呢?说啊。"

我看着那只戒指说:"生日快乐。"

宣琳说:"还有呢?"

我看着地面说:"没有了。"

宣琳说:"你假什么假,明明还有话。"

我承认自己这个时候比那只戒指还假。我只是快速地走着。

宣琳说:"你赶集啊,走这么快,能不能稍微搞得有点情调?"

我朝着天空叹了口气说:"好吧,我知道了。"

我和宣琳坐在学校的长凳上,宣琳用一根手指戳着我的脸说:"你明天下午就走吗?"

我点点头。

宣琳就像看着一幅画一样看着我的脸说:"你知道永远有多远吗?"

我说:"你就别琼瑶了。"

宣琳说:"那你知道我们会走多远吗?"

我说:"你就别宣琳了。"

宣琳继续说:"你会在我不在你身边的情况下喜欢上别的女生吗?"

我对着夜空中一架飞机的点点灯光摇摇头说:"不会的,你呢?"

宣琳端详着我说:"我也不会的。"

宣琳突然吻了一下我的脸,然后我们两个的脸就紧贴在了一起。宣琳以前一直说我的脸有股香味,她很喜欢,我说那是洗发水的味道。

后来我发现我的这个解释不够浪漫和具有情调,我应该说,亲爱的,这个是恋爱的味道。所以现在这个时候,我就附在她耳边说:"亲爱的,这个是恋爱的味道。"

"你也别琼瑶了。"然后宣琳抱着我说,"我想抱着你。"

我说:"你这句是废话。"

但是很久以后,我们也许都会记住这些废话,背弃这些废话,理解这些废话,最终又爱上这些废话。

第二天下午,宣琳翘课和我一起乘地铁去文学出版社,我让她坐在很远的一家店里喝饮料,然后我揣着我和老文的书稿又走了很远的路,走进文学出版社所在的大楼。等出了电梯,突然有种盲目的感觉,随后就被自己初生牛犊不怕虎的暗示给激励了。我随便走进一个编辑部,背着双肩包就像犯错误的学生走进老师办公室那样战战兢兢地对准一个人说:"你好,王老师在吗?"

王老师是我和老文以及很多文学青年所熟悉的文学出版社社长,很多人把稿子投向文学出版社,也是希望能得到王老师的赏识。不过我的这个举动就好像到了市政府,站在门卫处小心翼翼地问:"你们市长在吗?"这种臭屁的问题和行为,估计会让人感觉很不可思议,但人有时候就是这么臭屁。

那个中年男人抬头看着我说:"您是哪位?"

我本能地说:"我姓赵,名叫赵少,是个作者。"

那中年男子从头到脚打量我一番后说:"找王社长是吧,你有预约吗?"

我摇摇头说:"没有,没有预约。"

那中年男子继续说:"你认识王社长?"

我点点头说:"认识。"

"哦……"他若有所思地应了一声,突然又问了一句,"王社长认识你?"

"不认识。"我摇摇头,然后拿着两沓厚厚的稿子说,"我是来投稿的。"

这个时候中年男子恍然大悟,眼睛盯着电脑屏幕以打CS被人连爆几轮的姿态说:"放着吧放着吧,我们会仔细看的。"

我放好稿子,见没什么话说了就走到门边,突然又回头说:"老师,我应该留个联系方式吧。"

那人盯着屏幕说:"哦,留一个吧。"

我想了想说:"对了,稿子里面已经留了。"

那人拿着鼠标就像握着AK47那样,没说话,于是我走出了门,但是马上感觉不对劲,又退了几步回头问他:"老师,那什么时候会有回复呢?"

那人过了五秒之后说:"嗯,一个星期、半个月或者一个月左右吧。"

我说:"那到底是一个星期、半个月,还是一个月啊?"

那人以嫌我比保罗大妈还啰唆的口吻说:"这个是我们的程序问题,我们每天都要收到海量的稿子。同学,我们会认真看你的作品的,OK?"

他这意思是我不能再烦他了,不然稿纸被当草纸都有可能了,于是我最后说了一句:"这里面还有另外一个作者的作品,你们看了就知道。"

说完我就一溜烟跑了,不过隐约看到那家伙的表情和姿势好像又被人爆头了。在游戏中别人把你头爆了,在现实中表现为自己把自己的头抱住。

我回到楼下,难以猜测这件事情的最后结果。按照正常的逻辑,我和老文是绝对没戏了,可是我的逻辑向来不正常,所以大舒一口气,我发短信给老文:一切都搞定了。老文立即回道:终于成功了。看得出来老文比我还不正常。

我走到那家店里,宣琳说:"这么久,看样子很不错哦。"

我要了杯饮料说:"还行吧。"其实来回就走了半小时。

我和宣琳聊了一会儿,这次她把我送到了上海南站。此时是下午四点,于是我买了七点的车票,希望我们在一起的时间能长一点。可越是这么想,时间就过得越快,大家都觉得才开始说话,时间就快七点了。宣琳把我送到候车口,我们是不到分离的时候绝对不分离,几乎是看着秒针靠在候车口说再见的。

我抱着宣琳的时候拿在手里的手机响了起来,是老文的短信,他说,那具体的情形你再说说。我估计老文刚才一直在上蹿下跳,直到现在情绪才平缓过来。

宣琳说:"是不是女生发给你的?"

我用力地抱了抱宣琳说:"是老文。"

宣琳靠着我的头不说话。

我说:"就是那个传说中很有特点很有特色很有特长的男人。"

宣琳几乎看着我的瞳孔说:"你该走了。"

我说:"我马上又会来的。"

然后我进了候车室,边走边回头,而宣琳一直站在那边看着我。那种一动不动的姿势让我感觉很复杂,好像她整个人就只剩下了那双眼睛,最不动声色却最令人心绪不平。

宣琳就是一直这么看着我,直到看不见我,她才缓过神来慢慢离开。这点和电影里面一样落寞不舍,而更落寞不舍的是,我还看得见她,她却看不见我而离开了,这比电影里更加黯然伤神。

第十章

　　大巴开上杭州湾跨海大桥的时候我醒了,车上放着一部二十世纪九十年代的香港电影,坐我旁边看上去又傻又成熟的男人对着笔记本玩《魔兽世界》,前面一人拿着手机说着鸟语,一人拿着手机对着海面,后面一个老头在打呼噜,旁边一个老女人带着蛤蟆镜,侧面还有一对情侣浓情蜜意得让我想跑回去见我在上海的女友……两边的海水在拼命地后退。我想,一切都不可避免地走向庸俗。想到这句话让我觉得自己也很庸俗,因为三年前我说的也是这句话。

　　那部电影放到男欢女爱的时候,出现了激吻脱衣的一幕,很多人开始把眼睛对准屏幕。但是直到大巴从跨海大桥上开下来,那男人也没把女人的衣服脱掉。我旁边那男人扶了扶眼镜继续玩《魔兽世界》,这家伙一直表现得很正经也很镇定。

　　我在脑子里晃悠了一个多小时,下车时市区已经一片灯光璀璨。

回到家,马子和老文都在,马子现在基本把我们的住所当作了他的公司所在地,也就是"元邦客运文化有限公司"的总部。马子现在一共有两家公司,不过都是无证摊位类型,人物业务地点的变化要看马子今天对别人摸出的是哪张名片。马子最多的就是名片,经理总监策划会长助理等等一沓,然后前面加个"副"字又是一沓,马子的头衔比他的头发还多。

我们三个人围在一起吃饭,马子像个领导似的对我嘘寒问暖。我边吃边附和道:"马总监,最近公司还好吧?"

马子把二郎腿放下说:"还不错还不错,我想让你到侯总那边去。"

说完这两句话,我便觉得没话可说了,马子这人无非就是做开黑车办假证写假书诸如此类的事情。马子曾喝了酒说,我这人身上说的做的全部都是假的,我那时不信,思索很久后发现,原来只有这句话是真的。

马子看着我说:"你这么年轻,肯定有出息,对我们公司还需要了解什么吗?"

我看着马子说:"我肚子饿,先吃饭。"

马子咽了咽口水,带着文化人的不屑说:"好,好,吃饭。"

吃到一半,马子问:"据说你去上海了,是去找灵感吗?"

我边吃边说:"不是。"

"那是去找素材吗?"

我继续说:"不是。"

"那是去找生活吗?"

我觉得马子作为总监比太监还啰唆，于是扒完最后一口饭说："是去找女朋友。"

马子终于没话说了，点了一根烟，我和老文被熏了好一会儿。突然，传来一阵很猛烈的敲门声，老文二话不说，立即蹿到卫生间屏住呼吸。

马子走过去，一开门便说："大姐，你怎么又来了？他还没回来呢。"

这位大姐就是王素珍，也就是林浩他妈。她知道老文是个大学生，就隔三岔五来向老文咨询诸如"我家浩浩最近学习成绩下滑了怎么办呀""最近迷恋网络游戏怎么办呀""最近老是睡懒觉怎么办呀"等等问题，搞得老文好像是林浩他爸一样。这个起因可能是老文长得斯文，并且是××大学生物科学与生物技术专业毕业的，林浩他妈已经把老文的话当作信仰。虽然老文经常胡说八道，但是林浩他妈只当作他的话太高深莫测了。

王素珍婉约风格的唠叨一下子把马子击倒了，她在屋子里转了一圈，然后盯着卫生间说："你看，这不是在吗？"老文无奈，只能撩一把头发走了出来。

我说："高中生的问题并没有这么严重，是你们想得严重。"

王素珍说："老文，最近又有一件心烦的事情缠着我。"

我说："你应该给他更多空间，学习不能有压力。"

王素珍说："老文，我们家浩浩最近做了一件很怪异的事。"

我说："大人首先应该理解他们，不应该总是抱着大惊小怪的心态。"

王素珍看了看我说："老文，那我就具体跟你说说这事情吧。"此时老文正拿着一个纸团发愣。

王素珍基本不把我当回事，要不是我这人还有发声功能，她保准更加无视我。这个起因是我长得混长得痞,虽然我经常插科打诨地给她些建议,但是她一直认为"赵少是个没出息的小混混"。

王素珍说:"我发现浩浩前几天晚上和两个男生一起站在那座桥上拿着望远镜在看什么,后来我才知道,原来是在看女生寝室。你说这……这……"王素珍一急就"这"不出来了。

老文继续捏着纸团说:"站在桥上拿着望远镜看女生寝室……嗯,这是不对。"

"对啊,你说,我们家浩浩怎么可以这样……"

"这样确实很不对。"老文对着纸团瞧了瞧说,"望远镜是什么牌子的?"

"这个,我倒不知道,总之是用了望远镜。"王素珍说。

"就是那座距离女生寝室楼几百米的桥?"

"对对,就是趴在那里看,你说我有什么办法可以纠正他这种错误的思想,我该怎么教育他?是不是很严重?怎么样才可以不让浩浩趴在桥上拿着望远镜看女生寝室?"王素珍急切地想解决"问题"。

老文使劲抠着纸团说:"最严重的就是他趴在那里拿着廉价望远镜,根本看不见什么。你告诉他,关键得找理由进女生寝室,这样他肯定不会趴在那边拿着望远镜看了。"

王素珍一时没转过弯来,问:"这样,可以吗?"

我实在看不下去了,倚在门边说:"这也不是什么大事情,都这么大的人了。"

王素珍一转头说:"你闭嘴,不知道就别乱说。"

老文说:"好了,就这样吧,问题已经解决了。"老文语气温和,王素珍再三思量,觉得又一次得到了高深的真传,于是夺门而去。

至此,我的想法是,任何一个中年妇女由于更年期的辐射,基本上都会显得比较有特色。这种"妇女主义特色道路"是半个弯也不能拐的,信佛了十个妖也打不动她,信妖了十个佛也镇不住她。

老文晃了晃脑袋,清醒了一下后说:"王素珍刚才浪费我多少时间?"

我说:"很多很多。"

老文说:"这女人是不是吃饱了撑着,以后她再来,我就一句话也不说,你看着办好了。"

我想老文如果一句话也不说,王素珍肯定要烧炷香把他当作佛拜了。

我和老文、马子又重新坐在一起。马子给我们分配新的任务,由老文继续开黑车,我则去他另外一个文化公司。马子还摸出一沓名片说是帮我印的,我一看,上面写着"副经理"几个大字。我看着马子说:"这玩笑有点开大了吧。"

马子严肃地说:"侯总和朱策划会帮助你慢慢提高的。"

我突然发现我们又跳不出一个圈子了,整天捣鼓这些事情。但是假如我们不折腾这些事情,就更加不知道要干什么了。人有时候就是想法太多,目标太多,规定太多,概念太多,意义太多,以至于矛盾也太多。

我晚上没事情做,这种没星星没月亮没美女的夜里,我只能跟着老文去学车。但是学车是很没劲的事情,于是就改为老文带着我去宽阔的大马路上飙车。我们飙车的对手是电动车,所以七十码的速度已经算是一马当先了。

我看着前面说:"老文,你车技进步很快啊。"

老文突然露出开极品飞车时的笑容,这把我吓了一跳,我赶紧说:"老文,这是夏利,是马子的夏利。"

老文听了此话,表情立刻恢复正常,然后转了一个一百八十度的大弯,一个河滨公园出现在我们眼前。老文立刻减慢速度,脸上挂着春天一样的笑容说:"这里有情人坡、情人山、情人池、情人廊、情人椅……"

说到这里,老文突然一个刹车,他面部僵硬,眼神发直。趁着老文还没口吐白沫,黑暗中我用手在他眼前晃了晃,我说:"老文,中风了吗?"

老文吸了吸鼻子,展现出一脸的忧郁,然后打开车门,朝一个方向走了过去。这个时候我终于看清楚了,有一对男女在那边亲吻,便也下车走了过去。老文对着那对男女叫了一声"小姨"。

那个女的抬头直直地看着老文,老文看看那个女的,然后又看看我说:"这个就是我的小姨。"

我忙露出笑容说:"小姨好。"

突然老文露出一副悲痛欲绝的样子说:"你到底是跟他还是跟我?"

那小姨想了半天,眼睛一直望着江面,好像谁也不想跟,只想跳江。而我本人对老文的这个问题感到非常莫名其妙。

老文继续说:"那就这样吧,我走了。"

然后我就和老文回到了车上,我说:"你小姨和你什么关系啊?"

老文敲了一下方向盘说:"我小姨当然和我是男女朋友关系。"

我大吃一惊,然后淡定地说:"你连小姨都泡。"

老文将汽车发动,然后缓缓地说:"她叫王怡,我喜欢叫她小怡,她说她一直会是我的小怡……"

听到这里,我立即打了一个喷嚏,然后就任老文独自忧郁。此时连马子的小夏利也和老文一样忧郁起来,松松垮垮、摇摇晃晃地驶向我们的住所。

当晚我和老文边玩斗地主边商量未来生存大计,马子又急匆匆地赶了过来。他夹着一沓文件,招呼我和老文都坐下,然后翻开其中一沓,拿着笔郑重其事地对我们说:"有些很重要的事情,我们现在开个内部会议。"

马子看了看我和老文,老文立即从床底下翻出一本历史文物般的笔记本,然后拿着笔看着马子。我则拿过我的那台笔记本。

马子看了眼文件说:"根据中国目前的经济发展形势以及亚太地区的贸易合作趋势以及欧盟和东南亚国家的影响以及整个国际社会经济大潮的……"

听到这里,我和老文还是纹丝不动,马子咽了咽口水接着说:"经济大潮的波及,金融危机的日渐摆脱,市场的全面复苏,消费水平的大力提升,GDP 的不断高升……"

马子说到这里,老文估计有点顶不住了,他开始拿着笔在笔记本上写着什么。我瞄了一眼,老文正在认真地画一个女人,是小怡;我则和宣琳聊了起来。马子见我们一个在认真地做笔记,一个在不停地敲键盘,于是接着说下去。

"……市场经济带给我们更多的机遇和挑战,在国家的宏观调控下,积极发展各种私营经济,这必将给我们带来巨大的利益和成功!"

马子说完这话的时候,整个屋子一片安静。马子看了看我俩,敲着桌子说:"利益和成功!"

我的笔记本被震了一下,老文则缓缓抬起头说:"哦,知道了。"

我也看着马子频频点头。马子收起文件说:"那好,明天你俩九点到我公司。"

老文说:"不开车了吗?"

马子说:"刚才我都给你们讲了啊,还没明白?"

老文说:"九点去干吗?"

马子极不耐烦地给了老文两份文件,我和老文一看标题是《论当今经济大潮中宏观调控下的私营促进与发展》,然后我们用五秒钟的时间扫读了一遍,发现中文居然这么难懂。我们正想问问马子有没有《论当今经济大潮中宏观调控下的私营促进与发展》的少儿版,马子立即抽出一份文件给我们。我们再次扫读了五秒钟,终于明白了意思,马子的公司和另一个比较大的公司合作了,所以黑车就不开了,明天我和老文去马子公司代表公司的员工和大公司的老板见面。

当我和老文想再问问相关事情的时候,"马子"已经简化成"马","子"消失得无影无踪了。

我对老文说:"你说,这事怎么办?"

老文说:"枪手铁定不做了,做枪手还不如做扒手。"

我说:"那怎么办?"

老文说:"别老问怎么办,什么事情都得先做了再说。"说完就看着小怡的画像发呆。

我说:"老文,别太难过了啊。"

老文说:"那怎么办?"

我说:"别老问怎么办,什么事情都得先做了再说。"

老文当机立断,拿起手机然后开启扬声器,等到电话接通对方还没来得及说个"喂",老文就劈头盖脸地说:"小怡我告诉你,我刚才一直逼着自己冷静,我给你三种选择:A. 跟我,B. 杀我,C. 爱我。"

电话那边传来声音:"我选 C 吧,爱你。"

老文一听这话,觉得有点不对,"爱你"意味着什么也不能做,按这逻辑,"爱"是没用的东西。于是老文咬咬牙说:"我再说一遍,A. 跟我,B. 杀我,C. 跟我杀我。"

小怡说:"难道我就不能爱你吗?"

老文斩钉截铁地说:"不能。"

小怡说:"那我们就不聊了,以后别联系了。"

老文一听这话,越来越纠结,忙说:"可是我爱你啊。"

小怡说:"可是我不能爱你啊。"

老文说:"为什么不能爱我啊?"

这个时候我就把耳机给戴上了,涉及男女恋爱的对话基本上都以无聊著称,但是我没想到老文无聊到了这地步。我戴着耳机听音乐,看着老文的表情夸张地变换着,有时候觉得这家伙要把手机都吞了。在我听完几首歌之后,老文把电话挂了,我也关掉了音乐,此时屋子里的一切好像都静止了。

这个时候,老文用跑完三千米之后的语气说:"对了,赵少,能不能借我点钱?"

我正寻思着如何拒绝时,我的手机响了起来,一看是阿叉打来的,我说:"老文,我先接个电话。"

阿叉一听到我的声音就说:"赵少,能不能借我点钱?"

我突然间像被闪电击中一样,仰头看着天花板说:"我真的没钱啊。"

"又是这句话。"说完阿叉就把电话给挂了。

老文抬头看着我缓缓地蹦出一句:"怎么又是这句话……"

第十一章

我和老文坐在马子公司里的沙发上,一旁则坐着马子、侯总和朱策划,对面坐着一张新面孔,马子让我们叫他金总。我和老文到现在也没搞明白是怎么回事,只是大家一致商量好坚决不做枪手。这位金总进行了长达半小时的发言,然后开始问:"在座的各位知不知道卡耐基?"

我和老文见各位都没什么反应,于是摇摇头。

金总停顿了一下说:"那知不知道马丁·路德·金?"

各位依旧沉默,我和老文依旧摇头。

金总犹豫了一会儿说:"那知不知道海明威?"

马子终于开口说:"有点听说过。"

金总继续说:"那知不知道林肯呢?"

这时候侯总哈哈笑了起来说:"这车我听说过。"

在一边的朱策划忙补充说:"我还知道林肯公园呢。"

金总若有所思地说:"有这公园?"

此时此刻,我和老文正在一边分析讨论研究卡耐基、马丁·路德·金、海明威以及林肯之间有什么联系。老文突然一个激灵说:"我知道了,都是美国人,而且都是美国的名人,而且都是金总知道的美国名人。"

金总语气委婉地说:"无论是一个公司还是一个企业,其核心是竞争力,核心中的核心是人才竞争力,核心中的核心的核心是高级人才的竞争力……"金总说到这里,我觉得再来个"核心"他马上就得断气了。

金总话锋一转:"可是你们缺乏起码的文化素质,缺乏对世界潮流的认识和理解,我们要的不是暴发户公司,而是文化型公司。请问在座的各位,你们能像我那样举几个例子加以说明吗?"

老文语气淡定地说:"其实我最喜欢的人是科比·布莱恩特、麦克格雷迪、文斯·卡特、勒布朗·詹姆斯……"

金总问:"这些人是干什么的?"

老文伸出一只手示意道:"等等,我还没说完。"

金总忙说:"你直接说这人的缩写名。"

老文说:"NBA啊。"

金总问:"中文名呢?"

侯总又是哈哈一笑说:"不就是,牛逼啊。"

老文以老总审视人才的眼神看着侯总,然后竖起了大拇指,佩服其翻译的精确性。接下来,金总又插科打诨了几分钟,然后就轮到马子发言了。

马子穿着西装,那几根头发用啫喱水定得纹丝不动,他面带微笑地说:"各位,今天开始金总就是我们公司的首席顾问了,金总作为一家注册资金过亿的公司的老总,他的到来必将改变我们的经营理念、价值观、人生观以及思维方式。我们公司依靠金总公司这个强大的平台,必将取得更加傲人的成绩。下面请我们的侯总发言。"

侯总笑了笑说:"很好很好,让我大开眼界,受益匪浅,终生难忘,瓦釜雷鸣,趋之若鹜,醉生梦死,行同狗彘,萎靡不振……"

马子听到这里觉得侯总成语背得有点离谱,于是忙拍着手说:"好好好,下面有请朱策划发言。"

朱策划极具个性地一笑说:"太好了,真的,真的很好……"

马子立即拍手说:"下面有请我们的文策划。"

老文犹豫着挪动了一下屁股,还没来得及开口,马子忙说:"好,有请赵策划。"

我拍着手说:"好,有请马总监总结。"

于是马子又不知所云地总结了一番,然后大家准备和金总一起去吃个饭。此时阿叉打来电话,我赶紧以紧急事情为由,婉拒了一起赴宴,没想到老文也以此为借口。我问朱策划马子的公司到底搞的是什么业务,经过朱策划的耐心解释,我终于明白那是一个文化咨询公司,说白了就是一个文化中介所。譬如我们这里汇聚了一些企业,需要做个广告或者文化宣传什么的,我们再去找各家广告公司。朱策划还说,干这行的,核心是人际关系。于是我恍然大悟,原来马子和金总扯了这么多的国际关系,目的是讲人际关系。

我和老文约阿叉到复旦中学旁边吃了个饭,阿叉一个劲地说他的情感问题,结果引起了老文的共鸣,两个人你一杯我一杯来来往往,晃晃悠悠,还碰到李百威带着林浩、钟雄走了过来。

老文拿着杯子说:"高中生、大学生、社会青年都到齐了。"

林浩说:"我不是社会青年。"

我说:"是我是我,说的是我。"

李百威对着我说:"赵少,你看见了吗?"

我顺着李百威指的方向看去,只见一堆穿校服的人,我说:"什么?"

李百威说:"最高的那个。"

我抬头看了看说:"中国移动信号塔,怎么了?"

李百威伸直了手臂说:"我说的是人。"

李百威说的那人就是上次打我们那家伙,李百威的意思是,把他引到一个地方去,然后我们几个揍他一顿。老文终于从情感的泥潭里挣扎出来了,说:"这揍来揍去的有什么意思,你们整天就干这点事情?"

我想,对高中生来说,这种事情肯定算是大事情了,因为这么一些人被围在一块几十亩田大的地方,并且要遵守一系列的规则和制度,还背负着高考、前途、理想、命运等等重任,加之荷尔蒙的分泌过盛,在这恨不得天天体育课加自修课的年龄,恋爱和打架是两个释放荷尔蒙的最好出口。

此时阿叉揉了揉眼睛说:"什么?又要去打架?你们怎么可以这么幼稚!"

在阿叉和老文身上,我看到了大学生和高中生的区别,因为在此之前我一直没发现高中生和大学生有什么本质区别,而这次我觉得,至少内在的荷尔蒙分泌程度还是有点区别的。

李百威说:"我先把他引到前面第二个十字路口左拐向前一百米右拐的一条小巷子里,你们从这边走,去那里等着。"

我们一致表示没听懂这句话,于是李百威又重复了一遍,然后拉着我去那家伙那边了,让阿叉、老文、钟雄等人绕道过来。

李百威走上前去,看着那家伙。还没来得及说一句话,那家伙旁边的兄弟就把我们围了起来。李百威淡定地说:"我只是告诉你,小薇有危险了,别的没事了。"说完李百威就要转身。

那个家伙一把拉住李百威说:"把话说清楚。"

李百威说:"就在西南街的小巷里。"

那家伙说:"你最好带我走。"

李百威看了看旁边那几位,犹豫了很久。那家伙说:"我一个人去就好。"

然后我们就把那家伙往那条小巷里骗,其间我发短信给老文,老文说还在路上。我们将那家伙骗进小巷的时候,发现一个人影都没有,那家伙看着李百威说:"人呢?"

李百威装出一副百思不得其解的样子说:"我刚才看见她就是在这里。"

那家伙听了李百威的话之后,赶紧给他的小薇打电话。此时我发短信问老文怎么还没到,老文回复道:我们迷路了,你们能不能出来,我们在后大街第一个十字路口等你们。

于是我没来得及回复,就喊了句"后大街第一个十字路口"。此时那个家伙刚挂了电话,用非灭了我们不可的眼神看着我们。然后我和李百威就本能地往老文说的那个十字路口跑,李百威边跑边说:"他一个人我们两个人,这么跑是不是太窝囊了点?"

我看着前方说:"让他尝尝被群殴的滋味。"

李百威说:"可是我们两个人足够了。"

这时候越跑越气短,我说:"那要不停下来?"

李百威喘着气说:"那家伙在追吗?"

我说:"不然我们干吗跑?"

李百威说:"怎么跑得这么慢?"

我说:"看来那家伙没用。"

李百威说:"那我们往回跑。"

我快断气地说:"好。"

结果我们又向前跑了两百米,终于在老文说的十字路口停了下来,可是四处张望不见一个人影,连那家伙也不见了。我拿出手机准备给老文打电话,却发现老文给我打了两个电话外加发了一条短信:我们终于找到那个地方了,你们人呢?

我回道:我们在后大街第一个十字路口。

老文回道:没事,这个我们认识,你们等着,我们来了。

这个时候,我和李百威感到一阵天旋地转。随后看见那家伙像刚跑完马拉松似的出现在我们眼前,我和李百威一致感慨这家伙的速度和耐力也只能做做大哥了。那家伙刚伸出一根手指,想用最后一点力气把我们怎么样的时候,林浩一路飞奔了过来。他边跑边扶着眼镜拼命喊李百威的名字,而后面却不见一个人影。我和李百威一致纳闷,林浩是不是被保罗大妈的灵魂附体了?

那家伙见后边有人冲了上来,于是拔腿就跑,没想到林浩也没停下来,拼命追了上去。这期间,我和李百威明显感觉到有一股妖风在我们面前吹过,犀利又彪悍。那家伙没跑几步就实在跑不动了,而林浩勇往直前,超过了他并且继续往前跑,然后回头喊了一句:"上课真的来不及了,又要被老师骂啦,快跑啊!"

我和李百威面面相觑,随后李百威也跑了上去,接着我看见钟雄以十码的速度从我面前飘然而过,随后我收到阿叉的短信:"我和老文说了有事不来了,下次请你吃饭。"最后老文用蜗牛般的速度跑来和我成功会合。

老文喘了口气说:"小孩子搞什么游戏?"

此时我发现那个跑残了的家伙又用手指向了我和老文,我说:"你指什么指啊!"

老文拍拍我的肩膀,我一回头,看见远处那家伙的几个小弟都走了过来,我说:"老文,小孩子又来捣乱了,快跑。"

老文说:"不走。"

这时候那几位把我们围住了,老文用不屑的口气说:"你们不把我打死,你们就完了。"此言一出,立即威风八面。

老文接着说:"现在开始给你们三秒钟时间,打电话给我去叫人。"其实三秒钟时间只能拨个110。

结果老文见那几人都不敢乱动,便说:"那我数到三,你们不动手,是你们自己的损失。开始了,123,好了,数完了。"老文念三个数字的时间不超过一秒。

老文用手指指那个家伙,接着就和我一起不慌不忙地走了,我没听见身后有一丝声音,我看着老文说:"你唬小孩子还真够厉害的。"

老文说:"以后遇到这种人、这种情况就这样子说,一般情况下绝对没事。"

我说:"老文,可是你为什么不跑啊?"

老文说:"我跑得动还用浪费这么多口舌吗?"

这个时候,我收到马子的短信:明天上午九点准时在公司召开年度工作会议,开始安排工作,望准时出席。同时,老文也收到了相同的短信。我回了条:老文说他没空。老文也回了条:赵少说他没空。五秒钟后,我又收到马子的短信:你别给我请假。又过了五秒,老文收到马子的短信:你可以推迟半小时。

我看着老文说:"看来你当领导了啊。"

老文掰着手指说:"金总是总顾问,马子是总监制,老侯是总经理,小朱是总策划,我大概是总设计吧,你大概是……"

"我大概是总统吧……"我说。

马子公司给我的第一个感想是,要和国际接轨就得先和国内脱轨。第二个感想是,每个人都是可以当官的。第三个感想是,用"总"字组词还是比较容易的。

第十二章

我在马子公司的任务就是担任秘书、文员、部门经理、业务代表以及在马子出去时帮他拎包、拉门等。其实我的主要职责就是角色扮演,我是一个机动人,在需要什么的时候就变成什么。假如有需要,我还可以担任总裁。

老文比我专业点,就是接业务,一半的时间在外面跑,一半的时间在接电话。我问老文:"我们都差不多,你竟然可以晚到半小时。"

老文慢悠悠地说:"因为马子忘记怎么群发短信了,今天我教他的。"

我们公司业务量比较少,因为没什么背景和关系,只能在网上找一些企业的电话自己打进去或者直接上门拜访。毕竟这样的做法成功几率很小,于是马子动员我们做生意要从身边的人开始。

我和老文听了这话,一致觉得应该从身边的金总开始,毕竟这家伙有这么大的公司。老文摆摆手说:"金总已经给了我们一个业务,毕竟他只是个顾问,顾问的意思就是随便照顾一下问一下,主要还是靠我们自己。"

老文环顾了一圈说:"金总人呢?"

马子说:"他说昨天去香港了,你以为金总像你们这么清闲啊!"

我们确实比较清闲,虽然看上去一个个都拿着电话或者盯着电脑,甚至左手拿着筷子吃盒饭,右手按着鼠标。事实是,拿着电话不是在和女朋友聊天就是在和朋友瞎扯,盯着电脑不是在看电影就是在玩游戏,吃盒饭是因为懒得出去,按着鼠标是因为要抓紧时间玩连连看、斗地主等游戏……

马子规定我们每天八点半上班,四点半下班,并且需要打卡。于是我们进马子公司唯一动了点脑子的事情就是把打卡机的时间弄慢了整整一个小时。虽然我们一致认为马子搞的一切都是那么不成体系,但是我们也在竭尽全力帮助马子去接业务,毕竟我们已经享受了公务员的工作时间和工作环境。

我和老文经过深思熟虑后发现也没什么人可以下手。终于在某一天,保罗大妈又对我们大呼小叫的时候,我们想到了找保罗大妈。

我和老文当晚买了一盒脑白金、一盒脑灵素外加一个水果篮,直奔楼下保罗大妈家。开门的是她的女儿,几天不见又变丑了点。保罗大妈看见我们就皱起了眉头,然后见我们拎着大包小包就瞪着怀疑的眼睛问:"这是什么?"

老文说:"大妈,一点小意思,我们找您商量点事情。"

保罗大妈放我们进去之后,谈了不到一分钟,她就表示自己完全听不懂我们在讲什么。我解释说:"我们现在正在做宣传工作,就是帮组织、单位、公司、集团、企业、工厂等等做宣传。"

保罗大妈说:"我怎么可能认识这些组织单位什么什么什么的?"

老文说:"大妈,你比较热心,有个人需要宣传的也可以。"

保罗大妈说:"我们家芳芳要拍艺术照,你们拍吗?"

老文说:"这个我明天拿相机下来就行。"

我说:"拍艺术照衣服要全部脱光的。"

保罗大妈一时又提高了嗓门:"流氓啊流氓,你这小流氓。"

老文淡定地说:"确实是这个样子的,不然就是生活照了。"

在我们瞎扯的时候,保罗大妈看了看我们送的东西,我估计她正在纳闷怎么送的都是"脑"字带头的东西,没想到她嘀咕了一句:"你们这也太脑残了。"我和老文顿时被保罗大妈这句话给镇住了。

老文小心翼翼地问:"大妈,你知道脑残是什么意思吗?"

保罗大妈拿着脑白金说:"脑残是个民族啊,譬如月光族、苏豪族,脑残族也是,我女儿经常说的。"

老文咽了咽口水说:"什么叫脑残族?"

保罗大妈说:"学名叫非主流,俗称脑残。"

保罗大妈这话让我和老文佩服得五体投地,接下来我们言归正传,继续瞎扯业务的事情。突然保罗大妈叫了一声:"对啦,找王素珍去啊,她是望西街道妇女主任,她知道怎么做,你们找她去吧。"说完就起身送客。

老文这就带着我奔往王素珍家,王素珍一开门,见是老文来了,立刻招呼自己的老公上茶上水果,然后热情相迎,恨不得音乐响起掌声响起。

老文一坐下就开门见山地说:"王大姐,我们想给你们街道拍个宣传片,不知道你们街道有没有这个意向?"

王素珍笑着说:"这种小事慢慢说。我跟你说,我们家浩浩最近老是不按时回家,这可怎么办呀?"

老文皮笑肉不笑地说:"其实我觉得望西街道确实需要做下宣传。"

王素珍说:"望西街道做了宣传,我们家浩浩就能按时回家了?"

老文若有所思地说:"这个嘛,其实是有一定的必然联系的。"

王素珍说:"什么联系?"

老文慢条斯理地说:"从生物学的角度来说,任何东西都是环环相扣的,看似无联系的东西却有着内在的联系。譬如一只南美洲亚马孙河流域热带雨林中的蝴蝶,偶然扇动几下翅膀,可能两周后会在美国得克萨斯引起一场龙卷风……"

我看着王素珍有点迷茫的眼神说:"你管得越多,他就越容易产生逆反心理。"

王素珍连瞄都没瞄我一眼,看着老文说:"你继续说。"

老文继续说:"龙卷风会毁掉许多建筑,一时间整个区块飞沙走石,被它肆虐过的地方,简直就是一片废墟。"

我补充道:"其实林浩是个老实的孩子,你管得太多了。"

王素珍继续看着老文说:"你继续。"

老文说:"废墟的意思就是你们不能在这片区域内生活,这是一种毁灭性的打击,使很多人家破人亡、人财两空,从此一生颠沛流离、浪迹天涯。"

王素珍喝了口茶说:"还有呢?"

老文估计实在编不出什么了,于是说:"所以我觉得我们望西街道应该有一个形象宣传片……"

王素珍说:"这样浩浩就会听我的话了?"

老文强忍住喷茶的欲望,十分镇定地点点头说:"对,对,就是这个意思。"

王素珍面露苦涩说:"这个问题也太难了点,怪不得我们一直教育不好浩浩。"然后问老文:"那首先就是给望西街道拍宣传片?"

老文喝了口茶说:"对,具体拍摄制作我们来完成,价钱好商量。"

王素珍一摆手说:"行,明天我去和主任说。"

至此,我发现王素珍这个女人绝对是个虔诚的信仰者,从她身上就不难理解为什么伊拉克有这么多的人肉炸弹前赴后继地引爆,以及一些虾兵蟹将能用求仙炼药的伎俩把帝王将相骗得晕头转向。

我和老文回到住所之后,各自洗了个澡,此时已经十二月了,南方的天气有点冷。我和老文打开电脑之后,各自看了看邮箱,然后就跑到楼下街边的夜宵摊吃砂锅。我们坐在临时帐篷内,里面一盏灯泡晃来晃去,昏黄又恍惚。

老文盯着热腾腾的砂锅说:"差不多快十天了吧,我们的稿子怎么还没有消息?"

我盯着老文说:"才十天,起码半个月。"

老文叹了口气,那百感交集的表情让我恨不得把他的砂锅钱给付了。老文用充满哀怨的眼神看了看同样充满哀怨的灯泡,四周的帐篷被风吹得呼呼响,加上老板那一脸生怕我们付不起钱的表情,外加一只流浪小旺财瞪着饥饿的眼睛抬头看着我们。此情此景,让我想起了一部伟大的世界名著——《悲惨世界》。

我们吃到一半的时候，恰巧遇到李百威上夜自修回来。那家伙背着个书包，留着长发，上穿黑衣，下穿破了洞的牛仔裤，恨不得再在右肩挂个吉他。李百威是典型的 90 后，有那么一阵子，大家都流行"忧伤地用四十五度角仰望着天空"，这代表了一种忧郁的潮流，后来有人发现这种做法太痴呆了，于是这个句子就变成了一个贬义句。在此之前，李百威就嘲讽过这句话，我因此很欣赏李百威的个性，但是久而久之，发现其实大家都在以五十五度角嘲笑四十五度角，不过是脖子累了换个角度而已。

我和李百威打了个招呼，李百威走到我身边说："你们真有情调，那家伙又要找我麻烦了。"

老文听了这话，端起砂锅就往嘴里倒，然后抹了抹嘴说："我吃完了。"

我说："老板付钱，AA 制。"

老板笑着走了过来问："AA 制是什么？"

没想到李百威摸出十块钱给老板说："AA 制就是这个意思。"

我对李百威说："我们最近比较忙，你们真要打，我们到时候可以帮你打。"

此时老文已经起身，走出了帐篷，我用极其成熟的口吻告诉李百威应该好好学习，为自己的理想而奋斗，假如在为理想奋斗的过程中出现了困难，我和老文一定帮忙。之所以这么说，是因为我知道李百威他们这些人没什么理想。

我和李百威边说边走到我们家楼下，李百威说："就凭你们，在社会上也混了一些日子了,我绝对可以的啊!"

我说:"在社会上混,又不是在道上混。"

估计李百威这时心疼他的十块钱,一直对我依依不舍,不忍离去,我说:"下次请你吃砂锅,真的真的。"

我跑到楼上,老文已经躺在了床上。我突然想到了什么,在QQ上给宣琳发了一条消息:我今天真是忙死了。

等我上完厕所回来,宣琳的头像还是灰的,没有半点反应。于是我关了电脑躺在床上给宣琳发了条短信:真的让你久等了,睡了?

在这期间,我迷迷糊糊睡了过去,早上醒来发现有一条宣琳的短信:我昨晚等你等得睡着了,对不起哦。

我回道:没事,是我太晚了,我给你打电话吧。

宣琳立即回道:我得上课去了,一会儿联系。

我回道:今天不是星期天吗?

宣琳回道:系里要开会,快迟到了,先不说了,么么。

这个时候,老文还睡得跟猪似的,而他的手机又响了起来,之前已经响了五遍。为了不影响我继续睡觉,我按下了接听键,隐约听见那边传来一个女人的声音:我要离开这里了,你连电话也不接,你为什么做得这么过分?我们之间这么多的误会……此时我将手机放在老文的鼻子边,传到那边去的是老文富有节奏的呼噜声。这时电话那头的女人开始喊:你别给我装蒜了,你什么意思啊,接了电话还这样,你装吧装吧,继续装吧……而这边是老文未停歇的呼噜声。

这个十二月的早晨,我为这件莫名其妙的事情本能地露出一丝微笑,但它并不像阳光一般灿烂夺目,而是像月光一样一掠而过,打在老文这张只剩二分之一青春的脸上。

第十三章

我和老文坐在马子的公司里,老文一直拿着电话解释"为什么有呼噜声"这个问题。而我突然发现坐在电脑前无所事事,一下子觉得所有的游戏都已经玩遍了,所以我就打开文档开始写我的长篇小说。

这时候马子进来了,说是要去见客户,顺便带上我。我知道带上我,马子就显得有点档次了。那是因为我要降低档次,为马子提供一切服务。

马子和我出门,看了看那辆破夏利,摇了摇头说:"走吧,我们还是乘公交车去。"站台上,马子一直教育我,无论是做人还是做生意都要懂得节约,真正的大款都是很节约的,甚至让你觉得像个穷人。这让我想到了每周来我们家楼下垃圾桶里翻东西的乞丐可能是个身家上亿的公子哥。这么想的时候,我有点小兴奋,因为我们那一带谁都不理他,只有我理过他,并且还给过他面包,那以后他还叫过我兄弟……

此时马子站在车上喊:"快点上来啊,快啊。"

在拥挤的公车上,马子都已经把那只公文包举过头顶了,颠簸了半个小时后,终于下了车。马子让我拎着包,我问马子等会儿怎么称呼,马子说:"叫我总……总……"

我说:"知道了,总策划。"

马子摇摇手说:"不是,是总裁,总裁!"这两个字说得掷地有声。

我说:"那我呢?"

马子说:"业务经理啊!"

不一会儿,就到了那个公司。马子很有风度地走在前头,而我很规矩地跟在后头。我们在一个办公室里见到了那个老总,马子十分优雅地和对方握了手,然后恭敬地递上自己的名片。让我惊讶的是,这次我隐约看见名片上写着的还真是"总裁"两个字。我作为随从坐在一旁,听着马子和那老板聊了足足半小时,最后的结果是:详细情况等我们研究之后再决定。

从公司走出来后,我说:"马总监,我们是不是没戏了?"

马子点了一根烟说:"都还没入戏呢,怎么叫没戏?"

我将包还给马子说:"听这口吻就是没戏了。"

"你以为你是神仙啊。"马子吐了口烟,然后又猛吸了一口说,"不过也快成仙了。"

回到公司后,我一直打宣琳的电话,但是她的电话一直处于关机状态,给她发了条短信后,我只能再次打开电脑开始写小说。

老文解释了一上午"为什么打呼噜"的问题后,终于也敲起了键盘。我们几个人上网的内容迥异,侯总喜欢斗地主、搓麻将;朱策划喜欢玩升级打怪类的游戏;老文偶尔玩几局飞行棋,然后就是写文字;

马子整天看新闻,恨不得美国总统放个屁他也要嗅到;而我什么都干。

下午三点,我们就准备下班,开始打卡。马子看了看时间说:"这么早就走了?"然后又看了看自己的手机说:"我的时间竟然慢了一个小时。"再看一眼电脑说:"怎么电脑也慢了一个小时。"

等马子调好手机和电脑的时间,我们一帮人已经作鸟兽散了。其实我们也不知道为什么要提前回去,因为回去也是打开电脑干这些事情。或许我们就是喜欢一种期待,一直期待着,即使前方的路和现在一模一样。

回到家,我对老文说:"我们得改变一下,这样子太压抑了。"

老文依旧打开电脑说:"我们也玩玩魔兽吧。"

我说:"我们一定要改变,首先不要开电脑了。"

老文盯着屏幕进入系统后说:"其实生活就是等,等着一切的到来。"

我说:"我们换种方式等吧,我需要灵感。"

"可灵感不需要你啊。"老文说完就自顾自地上网了。

我一个人带着相机在望西街晃悠,寻找灵感。在我晃悠到复旦中学前面的时候,单膝跪地从下往上拍那些枯萎的枝杈,我总想找些不同的视角,拍些不同的照片,用各种古怪的姿势去捕捉更加古怪的画面。

这时候一辆警用摩托车在我左边停了下来,两个警察下车问我:"身份证带了吗?"

我拿着相机说:"没带。"

警察说:"你在这里干什么呢?"

我说:"寻找灵感,我需要灵感。"

这时警察用十分怀疑的目光把我上下打量了一番说:"你手里拿着的是什么?"

我说:"照相机。"

这时候我看见前面一个空旷的十字路口,一只流浪狗飞奔而过,而前面正亮着红灯。这个意象非常完美,我立即抓起相机一阵连拍,使得两个警察连连后退了几步。

过了两秒钟,警察问我:"你这是干什么?"

我说:"我需要影像来刺激我的灵感。"

两个警察相互看了一眼说:"你住在哪里?"

我说:"人应该讲究诗意的栖居,而不是单调的一间房子。"

那两个警察开始觉得我这家伙脑子有点问题,于是问:"你叫什么名字?"

我没有回答,只是回看着刚才连拍的照片,警察觉得让我这样的人留在街头可能会是一个隐患,于是婉转地说:"你先到我们所里去,我们叫你家人来接你。"

我说:"我没有家人,我这是在寻找灵感,我是写长篇小说的。"说完我就往前走了。只听那两个警察在我身后说了一句"可能受打击了",然后骑上摩托车跟在我后面,劝我大冷天的赶紧回去。

我说:"我知道了,你们放心,我绝对没神经病的。"

警察笑了笑说:"这是我们的工作啊。"

我说:"可我现在也在工作啊。"

两个警察听完这句话就加大马力开走了,我又举起相机拍了他们的背影,红色的警灯让人在黑夜里感到昏眩。我看着这盏不停旋转着的红灯慢慢消失在路的另一头,心里突然涌起一种落寞感。我再次拨通了宣琳的电话,电话终于通了,我说:"短信看了吗?"

宣琳说:"嗯,刚开完会,看到了。"

我说:"这么久,在开人民代表大会吗?"

宣琳说:"就是忙嘛,事情多死了!你今天怎么样?"

我看着那张流浪狗飞奔而过的照片说:"就是这么平静的一天。"

"哦——"宣琳应了一声,说,"我等会儿回去寝室就断网了,不能语聊了。"

我看着笔直的望西街说:"好的,早点休息吧,晚安。"

宣琳淡淡地说:"嗯,你也一样,晚安。"

我看见自己吐出一口白气,眼前出现了一个迷迷蒙蒙的世界,这个世界像是我的,又像是那只流浪狗的。

这个时候,那所三流大专的大门出现在我的眼前,我本能地给阿叉打了个电话。过了好久,阿叉才接电话,我说:"出来不?我请你吃夜宵,这次是真的。"

阿叉说:"我们学生会在开会,你能不能等等?"

我说:"这么晚了还开会,学校都关大门了。"

阿叉说:"你再等会儿,再半个小时。"

挂了电话之后,我又无聊地乱拍一通,然后绕到学校后面的那条小路上,将相机塞进口袋,准备翻墙进去等阿叉。因为这是一所三流大专,所以不像清华北大那样可以随意进出,围墙造得像高墙,我只能先爬到一棵树上。这个时候,那辆警用摩托车又折了回来,两名警察看见我在树上,露出纳闷的表情问:"在寻找灵感?"

我不停地点头,他们皱着眉头看了我几眼后又启动了摩托车,这时我纵身一跃跳到了对面的墙端。警察又将摩托车停下来,一个回头说:"你这是干什么?"

我极力平衡着自己的身体说:"找灵感啊。"

坐在后面的警察露出匪夷所思的表情说:"灵感在哪啊?用得着这么找?"

我说:"真的是在找灵感。"

"你这是在偷灵感。"警察说,"我告诉你啊,给我放老实点,这街上有什么事情,你就是第一个怀疑对象。"说完又缓缓向前开去。

我迅速翻入校内,走了一段路后给阿叉发了条短信:你们在哪里开会?

在我走了五分钟后,阿叉回道:在上次我们吃饭的楼上。

于是我绕到他们学校的食堂,只见楼上楼下一片漆黑。

我回道:怎么没人啊?哪幢楼?

阿叉回道:丁香花苑啊,楼上。

我回道:你们学校有这楼?

阿叉回道:学校外面啊,二楼,二○六包厢,你也可以来的。

此时我发现自己决策失误,没有想到这是组织在开会,应该事先问清楚地点。于是我再次翻墙而出,其间还被保安给逮到,硬是让我回寝室去睡觉。丁香花苑就在这条小路上,我上了二楼,推开包厢门就是一阵震耳欲聋的声音,里面传来"我爱你很爱你一辈子去爱你……"

于是我抽身而退让阿叉出来,让他和里面的人说一下,提前走了算了。阿叉说里面都是学生会的人,艾森也在。我说:"管他艾森艾弗森,吵死了,我请你吃夜宵。"阿叉表示再等等,原因是等会儿他还要买单,然后我就被拉了进去。

包厢里面一片昏暗,男男女女加起来十几个人,我也不认识那些人,只是看见艾森在一个劲地喊。我把嘴凑到阿叉耳边说:"你不是说学生会开会吗?"

阿叉把嘴移到我的耳边说:"艾森说是开会。"

我说:"你们学校大门已经关了。"

阿叉说:"我们已经很久没走大门了……"

接下来我就和阿叉在一旁看着学生会的同志们开会。艾森唱完歌发现进来的人是我,让我唱几句,我表示自己五音不全,然后艾森自己点了一首歌,拿着话筒说:"那好,赵少,我就献丑了。"

艾森这点很表里如一,说献丑还真献丑,唱得比马子还不着调,幸亏提前提醒了大家他要准备献丑了,让我有了心理准备。又过了大概二十分钟,阿叉就把账给结了,和我一起出来了。不过,艾森拼命把我拉住,说非得让我唱一首,我盛情难却唱了一首《让我们荡起双桨》,唱得在座的各位都没了半点脾气。

我和阿叉沿着望西街走,准备去那个夜宵摊,其间再次碰到那两个巡逻的警察。其中一个看着我问:"灵感找到了?"没等到回答,又看着阿叉说:"你叫灵感?"我点点头,阿叉也点点头。

我和阿叉到那个夜宵摊吃了个砂锅,然后我一摸口袋,钱不够了,阿叉倒也客气地说:"AA制吧。"随后又补了一句,"这次又是假的。"

老板一听,忙说:"这不行这不行。"

阿叉说:"AA制都不行啊,你请我们吃啊?"

搞了半天,终于明白事情的原委,原来上次我和老文吃的时候说AA制,老板问什么叫AA制,李百威甩出钱说这个叫AA制,所以老板一直以为AA制是李百威这家伙的代号。当我们说起AA制的时候,老板发现李百威这家伙不在,以为我们付不起钱要赊账了。

吃完,我们往回走,我说:"阿叉,你现在花钱挺猛的啊,加入学生会了?"

阿叉说:"破例的,破例的。"

我说:"跟着艾森混有什么好处啊?"

阿叉说:"能请他吃饭唱歌,和他称兄道弟。"

我说:"阿叉,你这话真贱啊。"

阿叉说:"有句话叫人剑合一,还是剑人合一?"

我说:"当然贱人合一啊。"

阿叉说:"对对,剑人合一,天下无敌,这就是好处。"

我们不知不觉间又晃到了这所三流大专附近,阿叉突然和我说起了乐珊,大概意思是他得不到乐珊就会慢慢死去。我只能以遗憾的口吻安抚道,那就只能慢慢去死了。

阿叉说:"你帮我在乐珊那儿说点好话可以吗?"

我说:"我已经帮你说了很多好话了。"

阿叉说:"她就没什么回话吗?"

我说:"她回话说,这全都是屁话。"

这时候我和阿叉已经绕到了学校的另一排铁栅栏前,阿叉拨开一片枝条,然后侧着身体钻了进去,随后扶着旁边的铁栏杆像我来探监似的对我说:"有空就多过来看看。"话音刚落,里面一侧射过来两束光线,保安用手电筒照着阿叉说:"大晚上的又想给我溜出去,知道为什么这铁栏杆断了没封住吗,就是知道你们这些人会出去。"然后看着我:"你给我进来,哪个班级,学号多少?"

听了这话,我一溜烟就跑了,在这过程中,只听见耳边传来声音:"你到底有完没完啊,不睡觉的啊?"

我一回头,还是那两名警察骑着摩托车跟着我,于是我停了下来,给阿叉发了条短信:还活着吗?

阿叉回道:快点来大门,我也逃出来了,今晚通宵了。

于是我又火速赶到学校大门,到了那边却发现空无一人。我打阿叉的电话,结果几个保安拿着阿叉的电话说:"你小子终于还是回来了,别把我们保安不放在眼里,乖乖睡觉去。"

于是我表情沉重、心情沉重、脚步沉重地走进了这所三流大专。我和阿叉赶往宿舍楼,阿叉故意和管楼的老头套近乎,我趁机混了进去,没想到还是被老头揪住了:"别以为我认不出你,告诉你,这楼里的面孔我闭着眼睛也能认出来,给我出去!"

这一瞬间,我觉得人有时候就是这样被体制隔离的,左右矛盾,处于这样一个灰色地带。我只能躺在学校操场的草地上,看着没有星星也没有月亮的夜空,然后发现四处都装着摄像头。这一刻我连翻墙的动力也没有了,像一条咸鱼等着被翻来翻去。

第十四章

几天后,望西街上又传出了一个消息,大意就是,赵少让女生脱衣拍照。很明显这消息源于保罗大妈,经过附近中老年人的口口相传,已经形成了很多版本,这也更加巩固了我在望西街上小流氓的形象。

老文托王素珍办的事情,据说经过王素珍几天的努力,终于黄了。理由是望西街太大了,也没什么突出的主题,也不是什么公司集团,宣传了也是白宣传,只是无缘无故多了这么条新闻。这种事情有时候就像瘟疫一样,一夜之间,街头巷尾的中老年人都已经知道了,并且乐此不疲地谈论着。每次骑着车出去,总有人在背后指指点点,我不得不承认就宣传的角度来讲,保罗大妈是很成功的,加之王素珍的添油加醋,赵少这个名字现在从街头响到了街尾。

我一直认为,这些人有这些人的活法、谈资、价值观和议论的权利,而我仍旧过着自己的生活。我不会因他们说我说得风生水起而影响自己在屋子里睡觉,我无法到达充耳不闻的境界,只是没有把他们的嘴巴一一堵上的能力,所以只得接受现实。

这个时候,我竟然看见我在网上获得了中国首届网络原创文学大赛诗歌组的一等奖、小说组的二等奖和散文组的优秀奖。我擦了擦眼睛确定自己看清楚了,以防万一,我拉过老文来看。老文看后觉得很不可思议,说:"是不是三个不同的赵少?"

我说:"哪有这么巧的事情?"

老文想了想又说:"是不是写错了?"

我说:"这也错得太离谱了吧。"

老文又犹豫了一会儿说:"是不是就只有你一个人参加?"

我说:"我搞个征文也不可能只有一个人参加啊!"

我们百思不得其解,一直找不出我连夺三个大奖的理由,只得接受我连夺三个大奖的现实。紧接着我就收到大赛组委会给我发来的邮件,果然这是千真万确的事情,并且收到了一个采访稿,一共五个问题。由于问题问得像网上流行的点名游戏,所以我用三十秒的时间就完成了。第一,本次比赛你的诗歌、小说、散文写的都是一只狗,可是为什么能写出如此不同的味道? 答:因为用诗歌、小说、散文写一只狗,写成同一个味道比较困难。第二,你是如何形成这种写作风格的?答:不小心形成的。第三,你觉得写作最应该注意什么? 答:注意安全。第四,能谈谈你的创作感受吗? 答:能。第五,看到自己获奖的第一反应是什么? 答:没反应过来。

之后我得到了主办方给我的一千五百元奖金,这完全是一笔意外之财,于是我做的第一件事情就是这个月不再去马子的公司上班了。

马子说,这个月不来就不来吧,下个月可以来。我不确定的是,下个月马子的公司还在不在。

我和老文期盼已久的书稿消息久久没有来,老文建议我打个电话过去问一下,于是我小心翼翼地拨通了那个出版社的电话,接电话的人听声音是个大妈。自报家门之后,我就直截了当地问起她稿子的事情,那大妈说:"名字是什么呢?"

我说:"《安静的疯子》和《蓝色的爱着的我的你》。"

大妈说:"我问的是你的名字。"

我说:"两个作者,一个署名赵少,另一个署名老文。"

大妈说:"那你等等,稿子在一号编辑室,我帮你去找找,你过会儿再打过来。"

过了半小时,我再次拨通了电话,这次听声音是个老头子,他说:"你找谁?"

我说:"我叫赵少,刚才一个编辑帮我找稿子去了,让我现在打电话过来问问。"

老头说:"好的,我帮你找找。"

过了半分钟,传来声音说:"请问你叫什么名字?"

我说:"我刚说了,叫赵少。"

老头说:"你再等等。"说完就没声音了。

我等了将近一分钟,又传来那个大妈的声音:"你的稿子我们编辑还没开始看,我们争取七天之后给你回复。"

挂了电话之后,我就立即动身去上海,去看看宣琳,顺便再去一趟出版社。我给宣琳打了两个电话,都没人接听,但也管不了这么多了,背了个包直奔汽车站。两个多小时,我都塞着耳机听着音乐,以至后来听见这些音乐就会想起自己曾经坐在去上海的大巴上,为了爱情,或者是梦想,总之带着很浓的青春意味。

不知道从哪次开始,宣琳就再也没来汽车站接我,但我还记得第一次是乘着火车去见她,半夜到达上海,宣琳一脸兴奋地等在出口,接着我们拥抱接吻。然后这样的情景就消失了,这之后我一个人摸清楚了从我家门口出发到她寝室楼下的路线,我们省略了很多情节,直至这个冬天的出现。

一直到了她的寝室楼下,我才打通她的电话,我问她在哪里,她说寝室,我就让她快点下来。一刻钟后,宣琳从校外方向走了过来,我发现她穿着一件灰色大衣,把头发扎了起来,有些诧异地看着我。这一刻我把宣琳仔细观察了一番,我吐出一口白气说:"一直联系不上你,我刚到。"

宣琳过来给我一个拥抱,接着吻了我一下,然后看着我说:"你怎么没反应?"

我也轻轻碰了一下她的嘴唇,好像第一次那样温馨。

宣琳拉着我的手,看了一眼天空说:"你看,这就是夜上海,多繁华多热闹。"

我笑了笑说:"你们上海人就是这样,带着和这座城市一样的骄傲,你也应该去宁波看看。"

宣琳也笑了笑说:"宁波我又不是没去过,你以为我是乡下来的吗?"

我说:"每个城市就像人一样,都有各自的性格和特点,宁波有你意想不到的风景……"

没等我说完,宣琳就说:"你好烦,宁波总归没上海好的咯,在我们眼里,那都是小城市。"

这就是上海人的特点,他们一直认为自己这个行政区域是最好的。但是我觉得评判一个城市的好坏就像评判一个人的好坏,并不是一个指标能评判的。在我心里,上海和宁波根本就是一个概念,我看不到这两座城市之间的任何区别,只是行政区域划分使我在宁波,宣琳在上海,从而使我们变成了异地恋。

宣琳说:"你怎么没话了?我说宁波不如上海伤你自尊了?"

我说:"我们别无聊了,两百公里的路还谈区别。你最近还好吗?"

宣琳说:"好,很好,就是很忙,你呢?"

我说:"一般,比你清闲。"

接下来我们走进一家小餐馆,开始讨论这里的一些特色菜,然后再一次谈到了上海和宁波,接着聊到了台湾问题、金融危机等等,最后一起研究墙上一幅抽象画的含义,直到我们走出餐馆。

我说:"现在你都不来车站接我了,以前你都会来的。"

宣琳笑了笑说:"热恋期总归和现在有区别的嘛,你怎么像小女生一样。"

我说:"上次你答应来的,可是没来。"

宣琳有点无奈地说:"你真是越来越小女生了,你又不是不认识路,这你都介意。"

我呼了一口白气说:"也是,其实这就是一个仪式,过去了就过去了,你开心就好。"

宣琳说:"你别说得这么伟大,搞得好像我的快乐是建立在你的痛苦之上似的。"

我们漫无目的地走着,穿过广场、车站和商店,宣琳说:"你明天就走?"

我想了想说:"是。"

其实我后天才走,因为我还得去趟出版社,但这次我不能再影响宣琳上课了。对我而言,离开了宣琳,就算我人在上海也像已经回到了宁波。我突然看见她手背上有一块青色的印记,问:"你手怎么了?"

宣琳说:"没什么,骑车的时候摔了一跤。"

我说:"你怎么都没和我说起过?"

宣琳努了努嘴说:"我自己都忘了。"

我说:"你刚不是说在寝室吗?怎么从外面回来了?"

宣琳说:"我在同学的寝室。"

我说:"哦。"

宣琳说:"嗯。"

这就是我们最后的对话,冷得只剩下一个字。街边的灯光渐渐暗淡下来,宣琳所说的繁华热闹的夜上海也像一场舞剧缓缓落下了帷幕。我和宣琳的身影在这个夜晚被风吹得有点恍惚,至少我自己认不出了。

第二天下午我要走的时候,宣琳说:"我送你去南站吧,我回来还得开班委会。"

我说:"这次真的不用了,你去开会吧。"

宣琳说:"来去都没有人接送你,其实这样也不好。"

我说:"其实也真没什么不好,下次送我就好了。"

我和宣琳开始轻轻地抱在一起,宣琳看着我的眼睛说:"还有什么想对我说的吗?"

我说:"下次有空来车站接我。"

宣琳说:"你是很想要那种感觉吗?"

我除了摇摇头还是摇摇头,宣琳竟然有点眼眶湿润地说:"下次来提前和我说,我会来接你的。"

我轻轻地说:"先让我打通你的电话吧。"

宣琳点点头,然后我们就在她的寝室楼下分别。

离开宣琳,时间还算早,于是我直奔出版社。有了上次的经验,这次我直接推开了那扇门,然后看见上次那个中年男子,我说:"老师,您好,我叫赵少,上次给你们投稿的稿件,不知道你们看得怎么样了?"

那人一脸茫然地看着我说:"哦……我们差不多一个星期或者半个月这样会给你回复的。"

我挂着笑容说:"可是,我都等了快一个月了。"

那人又恍然大悟地说:"哦,那一般没有回复就是没被录用,希望你能继续努力。"

我说:"但是,昨天我打你们电话,你们说还没看过。"

那人问:"你的作品叫什么名字?"

我说:"一部叫《安静的疯子》,另一部叫《蓝色的爱着的我的你》,是两个作者的。"

那人听了老文的书名,一脸纠结地说:"哦,这个我有印象,我看过,已经看过了。文字和情节还是相当不错的,就是不符合时下流行的风格和题材,而且我们现在计划都已经排满了,我建议你们以后多去摸索摸索市场,把握最流行的元素,你们还是很有希望的。"

这是这位中年男子对我说过的最长的一句话,虽然这句话可以用一个"滚"字概括,但我还是感激涕零地连声说着谢谢,然后他就没再说半句话了。这个晚上,我花了一百块钱,住在火车站附近的一个小旅馆,我对老板说:"你们这样的旅馆还这么贵?"

老板说:"全国有几个像上海这样的城市?"

这一晚我基本没睡,宣琳也早早和我说晚安了。我躺在床上,在这个不足十平方米的房间内,突然想起自己忘记把之前买的耳环送给宣琳了,虽然这只值十块钱。我盯着有着黑色污点的天花板,隔音效果差得离谱的墙面让我听见外面汽车飞驰而过的声音,此时的我就像一条白色的斑马线,压抑地躺在凌晨上海一条寂静的马路上。

第十五章

回到宁波的第二天,我一个人在家上网,侯总突然来访。见到我之后,他一直笑吟吟地看着我,我被他看得毛骨悚然,便说:"侯总,突然来找我有事情吗?"

侯总继续笑着说:"你知道我也住在望西街吗?"

我点点头说:"听马总监说起过。"

侯总继续笑着说:"赵少,在望西街,你很有名啊。"

我知道这都是因为保罗大妈,侯总接着说:"而且听老文说,你这次连获三个大奖。"

我听着侯总的话,一时半会儿说不出什么,除了僵硬地笑就是笑得很僵硬。

侯总点起一根烟,吸了一口后说:"其实我真的发现你很有个性,也很有才华。真的,这点是必须承认的。"

既然侯总说必须承认,那我也只能乖乖默认,然后眼睛盯着电脑继续玩游戏。侯总笑着看看屏幕,然后看看我说:"在写作吗?"

我说:"侯总,这是游戏。"

侯总弹了弹烟灰说:"写作不是游戏吗?"

我忙说:"哈,是的,也是游戏。"

侯总说:"我仔细阅读了你的作品,最喜欢的就是你那首诗歌。"然后意味深长地说:"像一阵风,像一道风景,像一个孤独的灵魂,在黑夜的十字路口,无所禁忌……"

我听着侯总用便秘的表情背着我的那首关于流浪狗的诗,从侯总口中背出来的诗歌永远带着悲惨凄凉和大义凛然的意味。侯总背完之后接着说:"我还记得你那篇散文是……"

我忙劝住侯总,因为散文有三千多字,等他背完,我们都成罗伯特·巴乔了。我倒了一杯水给侯总,说:"先喝点茶,今天公司没事吗?"

侯总说:"斗地主一直输,飞行棋玩腻了,农场收菜的时间还没到,所以就没什么事情了。"

我说:"哦……金总回来了吗?"

侯总说:"至今未出现过。"

侯总此行的目的是称赞我才华横溢加个性突出,并且批评街头巷尾那些人的庸俗不堪和碌碌无为,以此证明自己的独特眼光和非凡审美。侯总以十分钦佩的眼神看了一会儿我玩魔兽世界,然后和马子一样对我说起了他的职业规划和人生目标。我一直觉得这个世界上最宏大的东西就是"人生目标"了,离目标越远这目标就越宏大,譬如我还在扳着脚趾数阿拉伯数字时,就已经想当科学家了。

我和侯总实在无聊,就出去散步,二十分钟后,我们逛到了这所三流大专里面。因为只有这里环境最好,有空旷的场地,有公园,还有一条河穿校而过,并且有着一大帮男女青年。只因关闭太早,以致每当夜色渐深,除大门外的几个方位都会出现一些狗急跳墙的场面,就像古装戏里的夜袭城池。

我和侯总漫步到学校的河边公园,侯总说:"这两人一组的都在搞什么活动?"

我说:"在自由活动。"

这个时候我们一眼就看见了阿叉,之所以能一眼看见是因为阿叉那边是三人一组,这种没有保持队形的组合极大地破坏了学校公园和谐的氛围。

阿叉和艾森加另外一个女生缓步走在河边,我和侯总过去打了个招呼。阿叉见到我就像见到他爸一样亲切,艾森则打量了一下侯总,觉得这哥们很有范儿。我介绍说:"这些都是我以前的同学。"然后说:"这位是侯总。"

我之所以这么介绍,是因为我到现在还不知道侯总的名字叫什么,所以"侯总"只是个代号。艾森向来对老板、总经理、领导之类的人比较感兴趣,恨不得前面站着的不是侯总经理而是侯总理。

艾森握着侯总的手说:"侯总是哪个公司的?"

侯总说:"黑马国际文化传媒策划有限公司……"

艾森握紧侯总的手说:"哦,好,好。"

侯总笑着说:"宁波分公司。"

艾森盯着侯总看:"真不错。"

侯总继续说:"望西门市部。"

艾森握着侯总的手说:"还有吗?"

侯总看了看我说:"……的副总。"

艾森每次见到我就搞得我和他关系很好似的,然后总是以领导的姿态和我说话。譬如以前在学校的文学社,就经常对我说些诸如"很看重你""很想培养你""很器重你"之类的话,还对别人说他手下的社员个个都很厉害,包括赵少。他这些话,往往让我觉得胃里翻江倒海。

在侯总讲到我的时候,艾森忙说:"赵少的确不错,他退学我也是很支持的。我当年当文学社社长的时候,就很想培养他,后来我升至学生会主席,工作任务繁忙,缺少了与他的交流,但其实我一直关注着他的发展和努力。在以往的工作和学习中,我也很少发现赵少这样的学生,根据他的自身情况,我也给他指引了一条路……"

我实在忍不住打了个哈欠,然后艾森和侯总都看着我,我说:"继续,继续。"然后拉过阿叉聊了起来。

艾森和侯总像两国首脑会晤般谈论着,艾森还时不时地蹦出几个英文单词,侯总也不甘示弱,说自己会阿拉伯语,然后一个劲地叽里呱啦。接着艾森就大背唐诗宋词引经据典,侯总就背起我的诗歌和散文插科打诨。艾森不敢轻敌,硬生生将话题转到毕加索如何运用空间、色彩、线条的构造和结合,侯总再次哈哈大笑说其实他也喜欢毕加索的汽车。

此时,我和阿叉有一句没一句地聊着,阿叉表示他现在的生活一点动力也没有,并且觉得对乐珊的爱已经深入骨髓,让我想点办法。

我表示,这种问题除了骨髓移植就没别的办法了。阿叉听闻此言,恨不得一头扎进那条小河里,然后继续哀求我,让我无论如何得想个办法。

我迫于无奈,也出于兄弟情义,以及屡次吃饭放他鸽子的愧疚,觉得应该按照阿叉的办法去帮他一次。

晚上七点,我和阿叉来到乐珊的学校附近,先用自己的手机联系乐珊,得知她九点下夜自修,然后用阿叉的手机发短信:晚上有空吗?

乐珊回道:没空,最近很忙。

在我了解了阿叉和乐珊的情况之后,我继续用阿叉的手机发短信:不管怎么样我还是很爱你的,虽然你一时不能接受我。

迟迟没有收到乐珊的短信,于是我用自己的手机发了一条:上夜自修无聊吗?

三分钟后乐珊回道:很无聊,怎么了?

我改用阿叉的手机发道:不管你如何沉默,你永远是我最爱的人。

接着我又用自己的手机回道:没怎么,随便问问。

乐珊此时又没了反应,于是我继续用阿叉的手机进攻:下课以后我在你们学校附近等你,好吗?

这时乐珊终于回道:学校哪里?

阿叉一时兴奋,夺过自己的手机回道:就在学校大门口,我戴着新买的棒球帽,不见不散。

这之后,阿叉和我绕着这所本市最一流的高中瞎转,阿叉绞尽脑汁想了好几套台词,其中广义上分为豪放型和婉约型,狭义上分为还珠格格型和情深深雨濛濛型。最终我们一致决定用婉约的情深深雨濛濛型,阿叉对着路边一棵老树练习了好几遍。

在我们绕到第五圈的时候,阿叉的心绪越来越难以平复,恨不得立即翻墙进去。我以过来人的姿态教育阿叉心急吃不了热豆腐,阿叉说,我根本就没想吃她的豆腐。于是我们开始绕第六圈,突然发现这就是我们现在的生活。沿途不断重复着一样的风景,一圈又一圈,一天又一天,等到某个时候,什么人或事的出现,打断了我们这种轮回,然后我们就继续新的轮回。

这时学校的铃声终于响了,阿叉戴着那顶棒球帽,站立不安,呼吸急促,心跳加速。我盯着还没一个人出来的学校大门说:"马上就可以见到乐珊了,我先去那边等你。"

阿叉拉住我说:"不行,我尿急,想上厕所。"

说完他一个转身就跑了,跑了十米后折回来把棒球帽给我,说:"拿着,我马上来,一分钟。"此时一堆学生已经走了出来。没一会儿工夫,大部分学生已经走散,此时阿叉还没回来,我只看见学校大门处还站着两个老师,一个用十分可疑的眼神盯了我一会儿,然后走过来冷冷地说:"认识乐珊?"

此时我用一种四十五度角仰望天空的姿态看着他说:"请问你是……"

那老师拿出一个手机晃了晃说:"夜自修结束后学校门口等你,戴着棒球帽子。"

此时阿叉飞一般地跑了过来,看见一个男的站在我面前,于是对我说:"你朋友?"

我和那个老师都用一种茫然的眼神看着阿叉,阿叉立即拿过我手中的那顶棒球帽戴在自己头上,焦急地向学校大门里张望着。至此,我已经明白，肯定是乐珊在夜自修发短信时被老师发现了，然后手机被老师拿走了，这之后的短信就是这个老师发的。

那老师又把乐珊的手机晃了晃说："乐珊的学习成绩一直很好，她是我们班里最优秀的学生，怎么会和你们这些社会青年混在一起，发的都是些什么东西?!"

阿叉一时没明白什么意思，听了这话忙说："哦不，我是学生。"然后指指我说："他是社会青年。"

那个老师问我："你哪个单位的？"

我说："无业青年。"

老师继续问："哪个学校毕业的？"

我说："没读完就退学了。"

老师问："家住哪里？"

我用手一指说："那边。"

这个时候阿叉将目光收了回来，看着我笑嘻嘻地说："你这朋友是派出所的啊？哈哈。"

那老师一听用更加犀利的眼神盯着阿叉。阿叉忙说："我……我是望西学院在读生，住在寝室，目前未婚，无宗教信仰，共青团员，祖籍宁波……"

那老师瞪了我们一眼，就走进了大门，我将情况一五一十地告诉阿叉，阿叉听后觉得乐珊肯定连人带手机被扣住了，于是我们一致决定，抄到后面翻墙。关于翻墙这件事情，由于我在望西学院的时候也经常干，所以得心应手，而阿叉在望西学院的时候一直采用扒铁栅栏的方法进出，所以他绕着学校又走了一圈，见无栅栏可扒，才和我一起翻墙。由于阿叉翻墙技术没我高,且这墙造得明显比他的技术高,所以在攀爬了几次未果之后,一段墙竟然被阿叉扒倒了。我在一堆废墟前看着阿叉说:"早知道这样我就不爬了。"

阿叉看着一堆乱石说:"豆腐渣工程。"说完就直接进了学校。

我和阿叉经过研究分析,终于找到了刚才那家伙的办公室,果不其然,乐珊就在那儿,并且正听着他的谆谆教诲。那家伙语重心长地对乐珊说:"你是重点中学的优秀生,可你看看,外面那些人呢,都什么样子。嗯?"然后握着乐珊的手机说:"我没想到的是你竟然还结识了这么些人,尤其是那个社会无业青年,无组织无单位无纪律,还发这些流氓的话给你,你说你怎么会认识这样的人?"

乐珊看着自己的手机不说话,那家伙估计之前已经费了很多口舌,便将手机还给乐珊说:"这次就还给你,我告诉你,和这样的人结识,你将毁了你自己,你听懂了没?"

乐珊点点头。

那家伙接着说:"可能你还无法理解,但我作为老师最理解,知道什么是好的什么是坏的,我希望你能结交一些让你终身受益的朋友,好吗?"

乐珊还是点点头。

这个场景,让我想起读高中时老师批评我时的场景。过了一会儿乐珊终于出来了,等她走到楼下,我和阿叉就喊住了她。乐珊惊讶地看着我们说:"大门有老师管着。"

阿叉说:"来,到操场那边走小门。"

乐珊说:"那边没有门,全是墙。"

然后我们就拉着乐珊穿过操场,跨过那段倒了一小截的墙,乐珊有点惊奇地看了看自己的脚下,然后说:"这……是你们炸掉的?"

　　我说:"乐珊,你们老师教育得好。"

　　乐珊瞪大眼睛看着我说:"他在说废话,全都是废话。"

　　我说:"可你本来就是一个乖乖女,我们不是一类人。"

　　乐珊说:"看来我们老师的话对你很有教育作用。"

　　我说:"乐珊,你是重点中学的学生,并且是里面最优秀的学生,我们不能影响你。"

　　乐珊说:"你影响我了,你要明白你这人很有影响力。"

　　我说:"你就别扯了,对了,你还是先回家复习功课吧。"

　　乐珊说:"你今天吃药了啊,还是忘记吃药了啊?"

　　我说:"行了,回去吧。哦对了,阿叉,今天阿叉他……"于是我回头看了看,后面并无人影,只有前方一个小黑影。随后收到阿叉的一条短信:今天你是主角还是我是主角啊?

第十六章

老文现在尤其沮丧,因为出版社把我们的稿子全部否定了。现在他坐在电脑前,准备带着广告公司的两个人去给复旦中学拍形象宣传片。老文在马子公司经营惨淡、面临倒闭、走投无路的情况下,找到了李百威。

就在昨天,老文把李百威请到那个砂锅摊。老文问李百威,复旦中学有没有你认识的人。李百威说,认识的人起码有一个团。老文说,那领导呢?李百威说,组长班长会长都认识。老文说,成年的呢?李百威思前想后了一阵子,老文说,只要能让我们进去拍就行了。听老文这么一说,李百威点点头。

这天下午,我和老文还有另外两位广告公司的人赶赴复旦中学。到了大门前,迎接我们的是一位穿着夹克的老头,老文上前说:"请问您是学校的领导吗?"

老头说:"不是,我是门卫,你们是来拍摄的吗?"

没等老文回答,出来一个二十多岁的小伙子,看着老文说:"就是你们来拍?"

老文笑着说:"这位老师,是的,就是我们。"

话音刚落,又出来一个中年男子,那小伙子介绍道:"这是我们的领导,队长。"

"队长?"老文笑着说,"这学校还有队长?"

我虽然是复旦中学毕业的,但是这些人对我来说都是新面孔。

那个中年男子看着老文说:"你们是来拍电影的?"

老文一惊,忙说:"不,不,是广告,拍广告。"

"哦——"中年男子一挥手说,"进去吧。"然后手指比画了几下说:"就这里可以拍。"

老文表示大家先商量一下,然后再看看制作方案,满意的话就签合同。可是还没等老文开口,对面又走来一个中年女子,那中年男子忙推着老文说:"走,快点走,我们副校长来了。"

还没反应过来,我们几个人已经被轰到了学校大门外。那中年男子握着老文的手说:"我是学校保安,副校长肯定不同意的,好了,再见。"说完就一溜烟跑了进去。

我们几个在大门外傻不拉几地站了一会儿,等到门卫老头将半支烟吸完掐灭,我们终于想明白了,于是离开了学校。

晚上老文给李百威打电话问这到底是怎么回事,李百威告诉老文,他认识的成年的领导并且还能放我们进去的只有保安队队长了。听了这话,老文躺在床上看了会儿天花板,觉得这话一点也没问题,很多时候是我们自己的理解力不正常。

这个时候,外面传来敲门声,老文立刻起身,急忙对我说:"记住了,马子问起来,就说我们是历经千辛万苦、重重磨难、跋山涉水,哦不,应该是千山万水,反正……还是不行,懂了吗?"老文就像唱Rap一样对我说。

我点点头,这时外面又传来敲门声,老文开了门,只见前面站着保罗大妈,身后站着王素珍,最后还站着一个警察。保罗大妈抛出一个鄙夷的眼神,然后她和王素珍让开,那个警察上前说道:"哪位是赵少?"

我本能地看了看老文,于是那警察对着老文说:"有点事情,去所里一趟,协助调查一下。"

老文莫名其妙地走到警察面前,然后跟着警察走了半截楼梯,向我一望,说:"赵少,等我回来。"

那警察一听,忙说:"你不是赵少?"

听了这话,老文立即蹿回来说:"是他是他。"

于是我跟着警察下了楼,楼下停着一辆警车,车子周围已经围满了人,大家都以看逮捕杀人放火打劫者的姿态看着我坐进了警车。这时我才发现里面竟然还坐着阿叉,我和阿叉对视一眼,心照不宣——一切都是因为我们把那堵墙搞塌了。

警车启动之后,一大堆人以我们要被判无期和枪决的表情看着我们离去,大家都不认识阿叉这个人,但是有很大一部分人认识我,我隐约觉得自己又要成为一个传说了。

在派出所里,警察让我们老实交代事情的起因经过和结果,阿叉支支吾吾说了半天,而我觉得用一句话就可以概括了。但是警察肯定不需要这么简单的答案,于是我开始构思起作文,时间、地点、人物、起因、经过、结尾六要素全部到齐,然后紧扣主题说了一千字左右,终于完成了任务。最后的结果是我们和那学校负责人达成一致,赔偿他们两千块钱。这期间,阿叉一直自言自语地说着学校的墙是豆腐渣工程,幸亏他有点口齿不清,不然就该被拘留了。

出来之后,我把一个月的生活费全部赔了进去,至此我在望西街那一带更加负有盛名,以至侯总、李百威、钟雄,甚至朱策划等人纷纷到我的住处来进行慰问和探望。其中,李百威和钟雄在我本人不知情的情况下,向我叙述了我被抓进去的前因后果,并且我都没有提出意见的权利。

钟雄说:"赵少,我就认你做哥了,以后有什么事情只管说一声。"

侯总则几乎吐着唾沫说,人没年轻过就等于没轻狂过,即使这话说反了。而朱策划一个劲地让我说说监狱里面的事,以此确认《越狱》这部电视剧的真实性。老文由于最近连受打击,一个劲地唉声叹气,说还是在里面待着好,不愁吃不愁穿。

我现在只要一出去就会吸引别人的注意力,尤其是保罗大妈,因为她的反应向来比常人夸张一倍,所以感染力也增加了一倍。只要是见着我,以前像碰见小偷一样盯着,后来像碰见骗子一样躲着,现在像碰见强盗一样防着。

我和老文觉得又开始走投无路了,但是"走投无路"只是心理上的,我们早就"走投无路"n次了,结果还是走到了现在,就像坐过山车,明知道不会死但还是被吓个半死。老文现在还是跟着马子干,虽然马子的公司随时面临解散,但是每次看见马子名片上的"××总公司"总会本能地精神一振,坚信马子能屡败屡战,坚信侯总能越挫越勇,坚信朱策划能逆流而上,坚信金总能早点回来。这一切的前提是,他们坚信我能有一笔意外之财,但这不可能,因为对于钱,我从来都不会感到意外,所以一切还是照旧。

这天晚上,李百威和钟雄来住处找我。从他们的言语和眼神中看得出来,我现在是他们比较崇拜的对象,因为我被抓到派出所去过了。钟雄说,就冲这点,我也算是刚从里面出来的人,没什么可以怕的。

于是,这两人请我出去吃夜宵喝奶茶啃羊肉串,一共消费十九块五毛,而且还是两人合资的。我们边啃羊肉串边朝那所三流大专走去,心想,一会儿叫阿叉出来聊聊天。

钟雄说:"大哥,是去看美女吗?"

李百威白了钟雄一眼说:"你真是庸俗。"然后看着我说:"大哥,是让美女看你吗?"

说这话的时候,一个身材窈窕的女生从我们身边走过,我们三人立即止步,回头看去。钟雄第一个反应过来,说:"赶紧去问号码。"

李百威又白了钟雄一眼说:"你真是老土。"然后看着我说:"大哥,去问 MSN 吗?"

钟雄说:"只听过 SM,MSN 是怎么样的?"

随后这两个人石头剪子布,钟雄输了,便立即跑上去问号码。一阵低头哈腰之后,钟雄就跑了回来,问来一个 QQ 号码,然后把号码给我,说一定要把她泡到。

此时阿叉回我短信说:今晚学生会有事情,出不来。

我回道：几号包厢？

阿叉回道：402房间。

我回道：房间？在干吗？

阿叉回道：嗯。

于是我们三人一路溜达到我的住处，一进门就看到老文苍老忧郁的表情。我们加了那个女生的QQ，没想到几秒钟后就有回应了，顿时房间里春意盎然起来。

李百威用我的QQ发了一朵玫瑰过去，那女生回道：干吗呢？钟雄盯着屏幕说：不错，态度很温柔。李百威继续说：很高兴认识你。那女生回复：呵呵。李百威发道：我们一般不会在街上问号码，但是你实在很吸引我。那女生回道：真的吗？呵呵，谢谢你。李百威趁热打铁说：总之，你是我最喜欢的那种类型。那女生回道：呵呵，你好坏哦。李百威一时兴奋地问：你这么漂亮，有很多男生追吧？女生回道：没有啦，都没男朋友。李百威直奔主题：那我们约个时间喝咖啡好吗？女生回道：等大家都有空吧。

最后没用一分钟就约好了时间地点，此时我发现这QQ是我的，但既然是李百威约的，我就表示李百威自己去。可是他们一致推我去，而我推老文去，我们三个看了老文三秒。老文缓缓抬起头，牛头不对马嘴地说："找王素珍去啊。"于是这件事情只能由我出面，他们则在暗地里观察。

这天晚上，我首先等在这所三流大专附近，李百威说就在这个报刊亭边见面，手持当天的晚报且头版朝外。我左顾右盼了一刻钟也没见一个人影，于是李百威和钟雄走了过来，准备打电话给那个女生。

我刚发完短信,四个男生走上来问我:你就是Z?

这是我的QQ名,我点点头。

一个男生说:"泡我女朋友?是你?"

这个时候我和李百威面面相觑,那个男生说找个地方商量一下,于是我们去了后面的小公园,我告诉李百威和钟雄不要慌。因为老文教过我方法,面对这种情况该怎么说话。

那男生说:"你们说怎么办,我今天要个结果。"

我说:"你看着办吧。"

那男生冷笑着说:"好,那就好。"

此刻钟雄小声对我说:"要不要找我哥?"话音刚落,阿叉就拿着几串烧烤边招呼我边走了过来。钟雄露出笑脸说:"我哥来了。"离我们还有五米远时,阿叉马上换个角度朝着那四人说:"王哥、陈哥……"

钟雄还没反应过来,继续对着阿叉说:"哥,那些人找我们麻烦。"

阿叉笑着对四人中的一个说:"哥,没事,没事。"

那人很嚣张地说:"这里没你的事,你让开。"

我想到了老文的话,便说:"有种你们就动手。"

听了这话,那几个家伙就走了过来,我继续说:"你们今天不把我打死,以后就是我把你们打死。"

那些家伙看了看我,二话不说就挥起拳头冲了过来。钟雄的第一反应是往后逃,李百威见寡不敌众也赶紧撤退,所以我也只好拼命往后跑。我告诉李百威,我刚说完这话就被人这么追着跑,一点面子都没有了。李百威说,命都快没了,还要什么面子。这个时候李百威大喊一声"分开跑"。结果大家一直都没分开,并且逃跑方向高度统一,一路跑进了我住的小区。

我心想那两个家伙极有可能还会跑进我住的那幢楼,接着再跑进我和老文的屋子。于是我大喊了一声"从北门跑出去",结果那两个家伙不知道北门在哪里,绕了一圈又从南门跑了出去,我跟着那两个家伙拼尽全力跑。这时一只手突然搭在我的肩上,我吓了一跳,回头一看竟然是保罗大妈,只见她脚步悠闲、神情严肃。我突然发现自己跑得还没有保罗大妈走得快,于是立即打掉保罗大妈的手再次往前冲。过了十五分钟,我们再次回到三流大专附近,这段平时步行只需十分钟的路程,我们三个跑了十五分钟。

我发现那四个家伙正悠闲地坐在花坛边,阿叉正忙着给他们点烟。李百威说:"他们体力真好,一点事也没有。"

钟雄很有见地地说:"一看他们就是装的,赵少你说是不是?"

我想,这两个傻瓜的讨论,无须我再解释。

等那四个家伙走开,我们便走了过去。阿叉一见到我们,就哭丧着脸说:"赵少,你怎么认识他们啊?害得我买了一包中华烟。"

我说:"他们是谁?"

阿叉解释了一大堆,大概意思是和艾森一伙的,基本属于三流大专里的风云人物,得罪不起。

我说:"你们真无聊,怎么还像高中生一样。"

这时李百威不服地对阿叉说:"你把这人约出来,我们几个揍他一顿。"

阿叉连连摆手说:"不行不行,这是艾森……"

李百威、阿叉和钟雄三人争论不休,而我慢慢朝自己的住处走去。

这时宣琳打来电话问我吃晚饭了没,我喘着还未平复的粗气说,正打算去吃。宣琳问我怎么了,我说刚在操场上跑圈,锻炼身体。宣琳感到莫名其妙,说了一句:"你的生活真无聊。"我问:"你吃饭了吗?"宣琳说:"早吃过了,晚上得写论文,还得翻译东西。好了,你有事没事就别无聊了,多干点正事吧。嗯,我先上个厕所,晚点联系。"等她喘了一口气,我说:"你最近这么忙啊。"她吸了一口气说:"拜拜。"

我走到楼梯口,只见保罗大妈站在那里,好像在等她女儿,这时她开口说:"我等你很久了。"

我说:"等我干吗?"

她说:"我叫你站住,你竟然不听我的话,走起路来一颠一颠,还一副半死不活的样子。"

我说:"我是在跑步。"

保罗大妈眼睛一瞪,说:"别给我装死!我问你,我们家芳芳这几天每天都很晚回来,是不是和你在一起?"

这时,我的内心无比纠结,但是仍旧镇定地说:"这怎么可能?"

保罗大妈说:"这是王素珍说的。"

我说:"她怎么知道的?"

保罗大妈说:"她儿子说的。"

我说:"她儿子怎么知道的?"

保罗大妈说:"我怎么知道?"

我说:"你怎么相信他不相信我呢?"

保罗大妈一声怒吼:"因为是我告诉她儿子的!"

我被这话吓得连忙往楼梯上冲,保罗大妈的余音仿佛让我们这幢小楼抖了好几下。我一进屋就关上门,然后长舒一口气。我和老文曾经做过一个试验,保罗大妈在我们家门口一喊,我们家马桶里的水就会泛起涟漪,这是何等厉害的分贝。

我缓了缓神,发现屋内有股烟味,定睛一看,原来老文坐在窗边,手上竟然还夹着一支烟。老文可是从来不抽烟的。后来我发现马子竟然坐在马桶上抽烟,这才发现老文手上的那支烟并没点着。

马子从厕所出来后,就和老文对坐在窗边。最后一丝太阳光照进屋内,两个影子显得极其落寞,好像一个在看太阳落山,一个在看月亮上山。我边啃面包边浏览网页,进入阿叉博客的时候,顿时响起一首歌:你不要这样地看着我,我的脸会变成红苹果……

听了这音乐,我们三人相互凝视,凝视,凝视……直到马子吐出一个字:停。

这时我接到李百威的电话,让我赶快去望西学院北门的公园内,他们马上准备揍那伙人了。无奈我只能过去,为了能快点,我就想骑车过去,跑到楼上拿了车钥匙,然后跑到楼下才发现是家里的钥匙,再跑到楼上找钥匙,结果找不到,于是再次跑到楼下。这时保罗大妈的女儿骑着车子回家了,我向她借车子,她说车子没锁很容易被盗……最后,我咬咬牙载着保罗大妈的女儿去了望西学院的北门。她的体重让我后悔,早知道还是跑着过来快多了。

等我赶到的时候,阿叉表示那伙人现在很忙,没法约出来。李百威这次发誓,一定要考上望西学院。这句话让人觉得又激动又悲惨,但好歹换了种方式。这期间,大家都认为保罗大妈的女儿是我的女朋友,没想到她竟然说了一句:"是又怎么样?"我忙说:"这种玩笑不能乱开的。我还是处男!"这话令整个公园都安静了。随后我赶紧载着身材肥胖的保罗大妈的女儿往回骑,他们一直目送着我们,这时车子很妥当地爆胎了,一切都像一部滑稽剧。

我推着车,保罗大妈的女儿摇摆着肥硕的身体跟在后面。我拨通了宣琳的电话,我说:"亲爱的,你忙完了没有?我今天算是倒霉了,老是这么郁闷……"电话那边淡定地说:"我是乐珊。"

我说:"哦,乐珊啊,我知道啊。"

乐珊说:"打错了吧。"

这时保罗大妈的女儿说:"赵少,你为什么不说我是你的女朋友?为什么呢?"

我吓了一跳,乐珊说:"你女朋友在你旁边吗?"

我看着面前圆脸圆身、皮肤黝黑的保罗大妈的女儿,对着电话说:"我女朋友在上海。"

乐珊继续说:"那你现在在上海吗?"

我在这边摇摇头,保罗大妈的女儿有点失望地看了看我,然后自己推着自行车走了。起先我恶俗地想,她要是生活在唐朝就好了,在我们写《时空大唐芙蓉之决战》时,她一定最美;后来我又恶俗地想,她要是个男的就好了,去NBA打中锋和奥尼尔对战时,她一定最美。而现在,她是个很胖的、很黑的、小眼睛的、小个子的女人,就这么推着那辆自行车向一片灯光走去,显得那么摇摇摆摆和力不从心。

这时,我发现自己和这个世界的审美依旧是一致的,只好继续恶俗。

第十七章

马子开着那辆破夏利,在我们家楼下一个急刹车。两分钟后,他出现在我们家门前,第一句话就是:"我们的生活从此有了改变。"这时的马子戴着墨镜,头发、鞋子、脸面都泛着亮光。后面两位,老文眯着眼看了半天才认出是侯总和朱策划。因为他们三个统一穿着黑西装,系着领带,拎着手提包,并且都没摘墨镜。

老文张着嘴研究了半天后说:"三个人怎么长成一个人的模样了?"

进门之后,马子将手提包打开,拿出一沓东西对着我们说:"就是从这些做起。"

我和老文一看,每张纸上都写着:专业制作××……

老文说:"这不都是重复的吗?"

马子隔着墨镜对我们说:"去街上贴一张一毛钱,干不干?"

话音刚落,侯总和朱策划脱下了原来的装束,还原了本色。我和老文考虑了三秒钟后表示马上就干,然后老文接过马子装满牛皮癣的手提包。马子和我们一起走到楼下,从小夏利后备厢拖出一只大背包,对我说:"这些是给你的。"

我们四人开始分头行动,说是分头行动,其实是我和老文一组,侯总和朱策划一组。

我背着大包说:"老文,我们该怎么办?"

老文慢悠悠地说:"我的和你的加起来,起码有上万张,按照一万张计算,那我们一天就能赚上千块。假如每天能这么赚,那一个月就几万了;假如每月能这么赚,那一年就是几十万了……"

我拍了拍老文的肩膀说:"别算了,我们开始行动吧。"

于是我和老文打开包,把两袋牛皮癣倒进了垃圾桶,然后在KFC里坐到下午,接着再换一家KFC坐到晚上。这期间竟然看见侯总和朱策划也坐在那边,我就打电话问侯总怎么样了,没想到侯总拿着饮料说:"正在贴,辛苦,太辛苦了。"然后他问我怎么样了,我就把他的话重复了一遍。挂了电话之后,我们四个人的表情一样淡定。

等侯总和朱策划离开半小时后,我们也起身回去了。我和老文到达马子办公室那幢小楼的时候,侯总和朱策划已经坐在一边的沙发上了。

马子微笑着说:"任务都完成了吗?"

老文很有风度地说:"全部完成了,虽然辛苦点,但这样的量也不是问题。"

马子看着我说:"赵少你觉得呢?"

我说:"辛苦点没关系,马总监的事就是我们自己的事。"

马子继续说:"你们真的把我当朋友?"

老文更加深情地说:"马总监,我们从来不分你我。"

马子说:"你们真的这么为我着想?"

老文说:"我们的情谊谁都无法超越。"

马子说:"那你们怎么就没发现今天包里装的全部是白纸?"

我和老文被这话震得无语,随后看了看一旁的侯总和朱策划,他们和我们一样的表情。

这时马子感慨地说:"当然,没有你们,我就完了。"

老文听了这话露出一丝微笑。

马子继续望着天花板说:"当然,有你们,我更加完了。"

马子教育我们这几个人肯定成不了大材,他想和金总再次合作,以防万一,就打算考验一下我们,没想到我和老文,侯总和朱策划都把几大包白纸扔进了垃圾桶。

马子咬着烟头说:"你们说,你们怎么到大公司去干活?幸亏我及时考验了你们,事实证明你们就是一群浑蛋,连我都要骗,那你们以后怎么办?"

马子的公司之所以能如此顽强不息地生存到现在,就是因为他什么都干,哪怕是给人家贴牛皮癣。更重要的是他是无证经营,只要马子说公司存在,那它就是存在的。

马子说现在他要替金总干活了,顺便把我们这四个浑蛋都带过去,虽然我们四个是浑蛋,但也只有浑蛋愿意一直跟着他。

金总公司的名字叫"帝豪国际投资有限公司",具体干些什么我不是很清楚,就连马子也不是十分清楚,唯一清楚的是金总很忙很有钱,公司很大。马子说，等金总一从香港回来，他就带我们去见金总。我说，这香港都去了快一个月了。马子说，你知道什么呀。

在马子的强烈要求下，我和老文被迫去买了西装和领带。马子教育我们要有白领的样子，于是我和老文忍痛拿出一百五十块钱，在望西街的地摊上买了两套西服和两条领带。马子还告诉我们，这段时间是我们的准备期，到大公司去随时会面临考验，所以他现在就得想尽一切办法考验我们。

第二天，我和老文穿着西服系着领带去见马子。马子见到我们后的第一句话就是："你们穿上西服怎么像土匪一样？"

然后他走过来左看右看上看下看，顺便拉了拉我的领带说："什么牌子？"

还没等我回答，领带就被马子拉了下来，马子用手勾着领带说："系得跟鞋带一样。"他又瞅瞅老文的脖子说："搞得跟上吊一样。"接着他又问我们："这到底什么牌子的？"

老文松了松领带说："L……LV。"

马子皱了皱眉头说："LV？这是LV？"

老文摇摇头说："不是。"

马子笑了笑说："就知道，这些地摊货还想给我装名牌！我告诉你们，你们要是这样去了大公司，还不是在一秒钟之内就被人看穿？"马子点了一根烟说："所以，人要诚实对吧，你们连我都骗不了，还想去忽悠别人？"

接下来马子教我们该怎么说话，因为我和老文比侯总和朱策划更加浑蛋，所以我们要学习的东西也更多。马子表现出一言难尽的样子，然后发给我和老文每人一本大册子,册子的封面上印着"世界五百强之完全生存手册"。马子接着说:"这是我通过多年实践自己撰写编辑的一本册子,记录了我是怎么走过来的。"我们看了看马子,顿时有把册子还给他的冲动。

马子郑重其事地让我们坐下来。我看了册子第一页上的目录,基本上是一些如何面见、如何坐、如何站、如何问候之类的内容,这让我和老文感觉进世界五百强就像回旧社会,得像女子一样三从四德。

我和老文将小册子一页一页地翻来翻去,就等着马子发话。马子觉得我们如获至宝,于是继续添油加醋地说这本小册子的精髓之处。老文又是前后翻了翻,说:"马总监,我们看完了,受益匪浅。"

听了这话,马子忙吐出一口浓烟,皱着眉头说:"放屁,这书以后要陪伴你们整个人生的,你们现在就跟我说看完了?还受益匪浅,装什么装,你们说,你们看懂了什么?受益了什么?"

老文又掂量掂量那本册子说:"那不装了,的确没看懂。"

马子叼着烟说:"那就对了,书山有路勤为径……"说完这句话,马子就看着老文,老文也看着马子,我想马子又要开始背那些小学语文课本上的句子了,没想到马子迟迟没有反应,看来我高估了他说出下半句的能力。

老文一脸谦卑地说:"马总监,这册子使我们终身受益,是我们永远的良师益友和精神导航。"老文说这话的时候态度极其诚恳,加上这种话语,要是放在二十世纪六七十年代他准是一个积极进取的好青年。

马子也算是沾染过那个年代气息的人,以前只有说这种话的份,却没有让人说这种话的份,所以本能地感到这话挺顺耳。

接下来的几天,我和老文,以及侯总和朱策划就一直围绕在马子周围,以便马子对我们进行全方位的考验。现在我们随时听候马子的差遣,空了就看马子的个人专著,一天的生活井然有序。

由于处处是考验,我和老文处处都提防着。马子说我们已经养成了很多不好的习惯,所以做什么说什么之前都要想一下,把过去习惯的做法反一下就对了。

于是一天下来,我基本上都在装孙子,看见谁都低头哈腰,走路扭捏得像做贼,脸部表情极其怪异,后来发现这是我始终面带微笑的后果,说话声音能将自己憋死,工作时严肃得像在开追悼会。

几天下来,马子觉得我们还是存在很多不足,就让我和老文坐在他面前,打算检验一下我们的学习效果。马子拿着他的那本个人专著,不断地问我们怎么坐、怎么站、怎么笑、怎么走等问题,这情景就好像我和老文在智障康复中心,然后需要做挺腰、劈腿、并腿、张嘴等各种动作,以此来评判我和老文的智障等级。

那天早上过了九点,我和老文正专心致志地等着马子的到来,可惜马子迟迟不来。突然电话铃声响起,我憋了一口气说:"喂,您好,请问您找……"

"找个屁!快点来中山西路,我的车爆胎了,你骑自行车过来。"电话里传来马子的声音。

我说:"马总监,我只有自行车。"

马子提高嗓门说:"我不是说了让你骑自行车过来啊?给我快点!"

于是我挂了电话,向老文说明情况之后,就直冲门外,但是老文一把将我抓住,故作深思状地说:"不对,这肯定是马子在考验你,你不能上当。"

我想了几秒钟,觉得老文的话很对,然后又想了几秒钟,觉得马子这方法实在太烂,一下就被我们看穿了。

于是我拨通马子的电话说:"马总监,可现在是上班时间。"

马子一听是我,便说:"让你来还这么多废话,快点,二十分钟之内赶到。"

我继续耐着性子说:"马总监,您汽车爆胎了吗?"

马子说:"对,就在中山西路修理店,你快点!"

我想,马子的水平就是低,这一看就是在说谎。

我说:"您可以乘出租车。"

马子说:"你读过《财富积累的细节》这本书吗?"

我说:"您可以乘公交车。"

马子说:"你是不是不想跟着我干了?"

我忙说:"我应该时刻经受住考验。"

在我说完这句话后,马子就把电话给挂断了,于是我哈哈大笑说:"马子这人水平就是臭,还一个劲给我装,一定要让我过去。"

老文又摆出一副沉思状,说:"我觉得他可能是真的要让你过去……"

我忙盯着老文看,老文又被我盯得犹豫了。于是我们把侯总和朱策划找来,对这件事情进行详细深入的讨论。侯总和老文认为马子是真的让我过去,我和朱策划认为这是马子在考验我。最后朱策划以策划师的口吻说,这其实是个阴谋,然后分析道:"马总监觉得你赵少缺点最多,最想考验的人自然就是你,但是马总监又觉得你这人还算聪明,常规的考验方法都会被你看穿,所以他肯定会策划一整套方案。譬如他等会儿回来肯定会训你,所以你要记住,他依旧在演戏,你依旧要经受住考验……"

这时,马子站在门口拍了拍手说:"讲得好,讲得很好。"屋内顿时一片寂静,朱策划手舞足蹈的样子瞬间凝固在那里。

马子气喘吁吁地将包扔在桌上说:"都给我坐好,你们这群王八蛋。"此时我看了一眼旁边的朱策划,朱策划也瞄了我一眼,用蚊子叫的声音对我说:"演戏,在演戏。"于是我淡定地点了点头。

我们四个就一本正经地听马子啰唆了一大堆关于如何进世界五百强的废话,足足两个小时后他才起身,在我们面前走来走去。接着他抬头看了看墙上的挂钟,已经十一点多了,最后在我面前停下,看着我。我立即心领神会地说:"马总监,稍等,我出去给大家买外卖。"

还没等我起身,马子就一把将我摁住,说:"猪!就知道吃。"然后一个转身打了一下桌上那个地球仪,看着飞速旋转的地球仪说:"虽然我们现在在这里,但是我们的心和这个世界一样大,懂吗?"说完又打了一下那个地球仪,那个地球仪就以一秒钟一天的速度旋转着。

等那个地球仪慢慢停下来不动的时候,马子盯着地球仪,笑着说:"上海、美国、欧洲……"然后望着我们四个说:"要做你们想都没有想过的事情。"

然后马子打了一个电话,他说:"对,我是,老一样,麻烦你快点,谢谢。"

这时候我感觉有一束阳光照射进来,太阳估计已偏过我们的头顶,我们五个对着一些简单的摆设想着极其复杂的问题。"要做你们想都没有想过的事情",这是马子至今说得最有哲理的话,因为我到现在还在思考,这句话应该怎么去理解。我看看旁边三个人都面无表情地陷入了沉思,再看看马子,头微仰看着窗外,我感觉周围坐着苏格拉底、柏拉图、黑格尔、康德、叔本华……

这时马子一拍桌子说:"外卖怎么还没送来?刚还说五分钟的。"

一时间所有人惊醒,侯总和朱策划使劲咽了咽口水,老文不停地松自己的领带,马子一屁股坐在了办公桌上。瞬间,西方哲人魂飞魄散。

第十八章

现在我们全体期待着金总的回来。马子说,昨天刚和金总通过电话,人家现在又去美国办事了,下个月初到上海,然后就会到我们这里来。马子说,人家跑的地方我们只能在地球仪上看看。老文说,我连地球仪都没有。

在马子公司待一天回到家就像刚从监狱释放出来,于是我边吃着泡面边和宣琳语聊,老文则在一旁继续寻找出版社。

我吞着面条说:"最近怎么样?我们都没怎么好好说话。"

宣琳说:"还好,就是有点冷了。"

我说:"你是说天气,还是说我们?"

这时宣琳的寝室里传来一阵嘈杂的声音,然后她说:"嗯?你刚才说什么?"

我说:"没什么。"

宣琳说:"你什么时候再来看我?"

我打开钱包看了看,还有几张人民币,便说:"这周末。"

宣琳说:"周几?我可以准备一下。"

我说:"又不是相亲,准备什么?周六吧,你来接我?"

宣琳说:"有空一定来。"

我说:"那肯定没空的。"

聊着聊着我就将一碗泡面吃完了,宣琳开始在那边教导我,边吃东西边聊是很不好的习惯,一定要改掉,而且也不能边吃东西边打字,键盘其实比厕所还脏,虽然肉眼很难看得出来……

我说:"你什么时候睡觉?"

宣琳说:"明天得早起,再过几分钟就睡了。"

然后我们又在"呵呵、哈哈、嗯、哦、好的"等等无关紧要的词语中过了零点,几分钟后宣琳要去睡觉了。

我说:"你怎么这么着急呢?"

宣琳说:"等会儿寝室要断电断网了,我得洗漱一下。"

我说:"再说会儿话吧。"

宣琳说:"你要真关心我,就让我早点睡觉。"

我说:"那你睡吧,晚安。"然后我就把语音给挂了。

宣琳发过来一句话:也没见你这样挂的,好了睡吧,晚安,好梦。我把这句话的后面四个字复制粘贴后发了过去,此时脑海里不断闪现的情景是,很久很久以前,宣琳半夜拿着手机站在寝室走廊里和我打长途电话,一直打到手机欠费停机。我记不起来这是哪一天的事情了,我只能用很久很久以前来描述。

我计划这周末去看宣琳,于是这几天我都不打算去马子公司上班了,马子问我什么原因不去上班,我说肚子疼。老文一听我不去上班,立即让我顺便跟马子说一声,他也肚子疼不去上班了。我和老文一致认为,在马子公司也没什么事情干,除了上网就是听马子瞎唠叨。我和老文可能再也不会回马子公司上班了,但马子还在那边一本正经地对我说,公司有公司的规章制度,请病假需要病假条……这个时候我的手机没电自动关机了。于是半分钟后,马子打电话给了老文,老文睡眼惺忪地接起电话说"喂",然后就是一个很茫然的"哦",最后他就把电话给挂了。

在我想起宣琳的时候,我就很想弄点钱,于是我和老文花了一天的时间在网上找工作。我们找工作的原则是,不用去坐班。于是我们顺利地找了一份打字录入员的工作,对方给我们千字三十元的报酬。我们和对方签了电子版的保密协议,交了三百元押金,工作地点不限,时间不限。我算了一下,一天打一万字就有三百块钱,这对我们来说并不算难,因为我们曾经可以一天写一万字。我和老文计算了一下,我们一人一天起码能打三万字,也就是一天九百元,这样一个月就有两万七的收入,这马上就要过上中产阶级的生活了。我兴奋地说:"老文,有钱了你打算怎么花?"

老文毕竟比我大几岁,以淡定的口吻对我说:"你还是太年轻,这么兴奋干什么?我们还要除掉双休日节假日等时间,一个月哪有两万七?"

我说:"那按照一个月二十天计算,我们一个月也有一万八的收入,一年也有二十多万,这比马子都赚得多吧!"

我心想,我还可以每周去上海看宣琳。"这个算法还算合理,"老文继续慢悠悠地说,"走,庆祝一下,我们去吃一顿。"

我和老文已经好久没有吃好吃的了,在我们觉得自己要过上中产阶级生活的时候,我们毅然选择了一家中高档餐厅。这餐厅我从未去过,里面能吃些什么我也不知道,只觉得要对得起自己一万八的月收入,对得起自己中产阶级的身份。我和老文就这样坐在阳光直射的餐厅里,点了一些莫名其妙的东西,假装优雅地吃完了所有,然后将盘子也舔干净了。我和老文发挥了吃路边摊时抢着埋单的作风,为了庆祝自己跨入中产阶级,我们两个为了谁埋单差点扭打在一起,害得服务员差点报警。最后姜还是老的辣,老文将单买了,一共消费了七百多块。出来的时候,老文甩甩钱包说,有时候钱就是这么回事,没什么大不了的。

我的全部家当还有一千多块钱,心想钱不就这么回事,会花钱才会赚钱。于是在天气晴朗的周五,我买了一个价值八百多块的挂件打算作为礼物送给宣琳。在情人节或者宣琳生日的时候我都没有送过什么像样的礼物,现在甩出人生大部分家当,这一切都是因为爱和有钱。二十岁出头的我,顿时觉得自己所做的这一切很酷,我想给宣琳一个大惊喜,于是立马买了一张汽车票去了上海。

我怀揣着对我来说最贵重的礼物,坐了三个多小时的大巴和地铁,终于在傍晚赶到了宣琳的寝室楼下。我突然感觉有点紧张,像我这种没钱又不浪漫的人,平时都没有做过什么像样的事情,现在要如何将这一个惊喜送到宣琳手中呢?于是我在寝室楼下对着角落里的一棵大树练习了好几遍,脑子里浮现出宣琳惊喜、激动、感动的各种表情。这一切仿佛回到了我们第一次见面的时候,想想都很迷人。原来大部分时候,物质真是让爱情焕发光彩的重要因素。我平复了一下心情后打电话给宣琳,结果一直没有人接听。我想可能她还没有下课,于是又酝酿了一下情绪。有这么一瞬间,我感觉自己是来向宣琳求婚的,虽然我一直很不喜欢这种庸俗的行为,但此时却发现庸俗竟也能这么美好。

学校周围的高楼亮起了灯光,我站在被我想象成宣琳的那棵树下,再次拨打了电话,还是没有人接听。此时,我看见有学生陆陆续续回寝室,楼下男女缠绵告别的盛景正随着夜幕渐渐拉开。

在这一对对身影当中,我看到了一个分外熟悉的。没错,就是宣琳,她和一个男生相互拥抱、接吻,大概缠绵了二十分钟。最后宣琳依依不舍地朝寝室走去,这个男生还一直目送着她。

一不小心,我没捧住手里那个装着挂件的盒子,把它摔到了大树下的泥地里。等我捡起来的时候,我已经看不见宣琳了,而那个男生正背对着我远去。

这时候旁边闪出一个扫地的老头,他说:"小伙子,这就是爱情。"

我说:"你是谁?"

他说:"我是扫地的,没事就在这儿看看年轻人的事情,你们这种事情我看得多了。"

我说:"什么事情?"

扫地大爷说:"不用难过,大学里就这点事。"

我说:"我很开心,我终于把我女朋友甩了。"

扫地大爷说:"这话你就违心了,看你手里还捧着礼物,一定很贵重吧?"

我说:"一点都不贵,一点都不重。"

扫地大爷说:"是什么?戒指还是项链?"

我说:"是一个小挂件。"

扫地大爷说:"你拿出来我看看。"

我打开盒子让大爷看了看,大爷端详了一会儿问:"多少钱?"

我说:"八百块。"

大爷说:"这东西就值八十块。"

我瞪着眼睛说:"你说什么?"

大爷把扫把放到一边说:"年轻人不要激动,你一百二十块卖给我怎么样?"

我说:"这是礼物啊,不卖!"

大爷拿起扫把说:"不卖就不卖吧。"

等大爷走出五米,我说:"一百五十,马上给你。"

大爷回过头说:"一百二。"

"一百三。"

"一百二。"

我走到大爷面前说:"拿去吧。"

我就这样把至今人生中最贵重的礼物卖给了学校里的扫地大爷。大爷拿着扫把离去的背影有点像那个男生,我总想上去踹上一脚。我只能朝着身边的那棵树踹了一脚,好像也踹了宣琳一脚。

这个时候我终于接到了宣琳的电话。我看了来电显示很久,一直没有按接听键,然后她又打了第二个。在铃声快消失的时候,我按了接听键。宣琳略显疲惫地说:"刚上完课,好累,电话没有听到。"

我说:"课上得这么晚?"

宣琳说:"今晚学生会有点事情。"

我说:"什么事情这么忙?"

宣琳说:"说了你也不懂。今天这么闲?你在干吗?"

我说:"我在你寝室楼下。"

宣琳停顿了两秒后说:"别跟我开玩笑了,一直骗我。"

我说:"我没有骗你。"

宣琳说:"我打开窗户没看到楼下有人。"

我说:"我就跟你开个玩笑。"

宣琳说:"你老是开这样的玩笑。这周几来看我?"

我说:"这周可能来不了了,因为临时有点事。"

宣琳说:"这么忙?那你什么时候来?"

我说:"你来车站接我?"

宣琳说:"有空一定来。"

我们又随便聊了一会儿,一切就像往常那样淡如水,然后我就把电话给挂了。我在那棵大树底下待了很久,竟然又看到那个男生来到宣琳的寝室楼下,五分钟后宣琳就下楼和他一起手挽手朝大门口走去。

我顿时觉得很饿,得去吃个饭,但是我突然发现并没有多少钱了,一会儿我还得赶最后一班大巴回宁波。于是我买了一个面包,边吃边朝地铁站的方向走去。我在地铁上回忆起和宣琳一起坐地铁的时光,往昔的时光越是甜蜜,现在想起来就越是惨不忍睹。

我不敢多想,咬着干巴巴的面包,让地铁带着我往上海南站的方向行去,我想我要尽快离开上海。

宣琳也许真的还在上海等我,但是我再也不想来了。

第十九章

我在屋子里和老文待了两天,这两天我们近乎冬眠的动物,很少吃东西,也基本不说话,甚至很少挪动。我就看着窗外日升月落,老文也是看看窗外偶尔看看电脑。我和老文看起来就像是两个伟大的哲学家。这期间也没什么人找我们,除了马子。我手机里的八个未接来电全是马子打来的,他也给老文打了四五个电话。马子还给我发了一条消息:你们两个都失踪了?

这一天中午,老文突然开口说:"赵少啊,我觉得这个世界不靠谱。"

此时我还沉浸在宣琳劈腿的忧伤情绪中,脑海里正划过寝室楼下宣琳和那男生拥抱接吻的场景。我看了老文一眼说:"哪里不靠谱?"

老文说:"这打字员的工作,到现在都没消息。"

我突然想起这个事,忙说:"对,怎么到现在都没消息?"

老文说:"又被骗了三百。"

我立即从忧伤转为愤慨:"我一定要去找他们。"

说完这句话,门外就传来了敲门声。老文透过猫眼看了一眼,轻声告诉我:"马子来了。"

我说:"开不开?"

老文想了三秒就把门打开了,马子一见到门开了,一脸的意外,然后边走边看着我和老文,一个劲地"呀呀呀",无数个"呀"之后,又来了三个"啊呀啊呀啊呀"。老文一脸茫然地看着马子说:"能别呀呀呀了吗?"

马子咽了咽口水说:"你们两个到底在捣鼓什么?电话也不接,信息也不回,肚子疼了一星期?我告诉你们,金总下周就回国了。"

老文半躺在床上说:"我们不干了。"

马子笑着说:"不不不,这次我是来谈合作的,入股,让你们都入股,有兴趣吗?"

听到"入股"两个字,我摸摸口袋里的两百多块钱,问马子:"入股需要多少钱?"

马子伸出一只手。我说:"五百万?"

马子摇摇手说:"哪需要这么多?!"

我说:"五十万?"

马子说:"我们小本投入,大额回报,懂不?"

老文说:"有多小?五十块?"

马子看了老文一眼说:"你能不能有点常识?五万块,每人五万块。"

我和老文向马子阐述了客观情况,那就是我们两个人现在全部家当加起来也只有一千块。马子在了解了这个情况后,话锋一转,说:"那你们能不能借我五百块?"

我说:"一共一千,你还要问我们借五百块?"

马子整了整那件劣质西装,说:"就一个月,高利贷,怎么样?"

马子就是这样,可以和整天在全世界跑的金总搭上关系,也可以穷到借个五百块还跟你谈高利贷。问题是十秒钟前马子还在跟我们谈入股的事情,这种反差我和老文已经习惯了。此时老文依旧面无表情地坐在那里。

马子发挥了他自认为世界五百强的交际手段,以拉保险业务的姿态和我们滔滔不绝地讲了半个多小时,最后我和老文各自拿出二百五十块钱。马子拿到钱就像拿到了一笔大融资一样,一边道谢一边笑着夺门而出。

老文的眼神更加迷茫了,他说他要去找他的初恋,我突然感觉有点悲伤,于是感慨道:"人在困难的时候都会想起曾经的美好,也许那是温暖我们不堪的现实的唯一方式。"

老文看着我,摇了摇头说:"并不是这样的。"

我看着老文忧郁的眼神说:"难道还有更深刻的含义?"

老文点点头:"因为我的初恋有钱。"

"老文,你并不是这样庸俗的人啊。"

老文说:"对,但是我是一个贫穷的人。"

我说:"但贫穷并不能成为你变庸俗的理由。"

老文说:"为什么贫穷就不庸俗,富裕就一定庸俗?"

我说:"我不是这个意思。"

老文说:"我的初恋还一直喜欢着我,如果我去找她,我们在一起,这就是很好的爱情,谈何庸俗?"

我和老文在快吃不饱的情况下,一本正经地谈论起了庸俗与非庸俗的问题。老文背起双肩包说:"那我先走了。"

我一时有点不知所措,老文这么一走可能再也不回来了,但是他却像出去吃个饭那样淡然。我说:"老文,你就不带我混吗?"

老文背着双肩包说:"我混好了,就会联系你,记得不要换手机号码。"

我说:"老文,你说得这么一本正经,都快让我相信了。"

老文站在门口说:"你还有什么要说的吗?"

我说:"早日联系我,再见。"

我刚说完这句话,老文就消失在了门口。老文的风格向来如此,不慌不急,晃晃悠悠,不动声色间,樯橹灰飞烟灭。老文就这样走了,现在只留下我一个人在这间出租屋里。这时候我发现宣琳发给我很多条短信,但我都没注意看,大概意思是,这周末去不去上海看她。

我回了两个字:不来。

宣琳这次很快回复:为什么?

我说:因为我不喜欢你了。

宣琳直接打电话过来了,她说:"怎么了?"

我说:"心情不好,想和你分手。"

宣琳说:"理由呢?"

我说:"心情不好。"

宣琳说:"那我也心情不好,也可以分手?"

我说:"你凭什么心情不好?"

宣琳说:"你凭什么心情不好?"

我说:"凭我在寝室楼下看到你和一个男的拥抱接吻。"

宣琳在那边沉默了好几秒,笑了一声后说:"你是不是想多了?"

我说:"这不是我想的,这是我看到的。"

宣琳说:"你那天真的来上海了?"

我说:"你们傍晚到寝室楼下,没多久你又和他出去了,肩并肩手挽手,你说我来上海了吗?"

宣琳又沉默了一下,说:"那是我学弟。"

我说:"那就祝你们幸福。"

宣琳说:"如果我说,我和他并没有什么呢?"

我说:"如果你说,你和他除了拥抱接吻,并没有什么,我当然是相信的。"

宣琳说:"那你要和我分手了,对吗?"

我说:"其实是你想和我分手。"

实在没什么话可以聊,我就把电话挂了。外面天空阴沉,室内更没有半点阳光。在傍晚还未来临的时候,我顿感昏昏欲睡,躺在狭小的床上就如深陷在广袤无边的大海。我不想这么沉沦,打开电脑,一一打开自己曾经写的那些小说文档,找了一百多个投稿邮箱,把每一部小说都群发了一遍,然后就关掉了一切与小说有关的东西。

我打开应聘网站,向无数个岗位群发了自己的简历,因为我不知道自己可以去干什么,也没什么所谓的明确的职业规划,简历砸中哪就是哪。这次我的简历和之前的简历有着天壤之别,我不再把自己当作一个写作者,我只是在简历中写自己的优势是:年轻健康,吃苦耐劳,能适应各种强度的劳动。结果一个夜总会立即给我来电,说看了我的简历让我过去面试一下。我又回去看了一下那个岗位,赫然写着:诚招男公关三十名。

我在屋里找出一块干巴巴的面包,也不知道是我自己的还是老文留下的,拆开包装咬了一口。这时候我接到乐珊的电话:"今晚学校开家长会,所以有空,出来吃饭吗?"

我心想,现在我身上真的没有钱可以请乐珊吃饭,那么只有两种办法,一种就是乐珊请我吃饭,另一种就是叫上阿叉,我想阿叉一定会前来吃饭埋单。在我嚼着干面包思考的时候,乐珊说:"我请你吃,就这样,不然高考前都没机会了,六点天一广场见。"

我还没来得及说再见,乐珊已经挂了电话。夜幕已经降临,老文已经为了生活投奔自己的初恋去了,而我竟然靠着女人混上了一顿饭。

第二十章

我和乐珊吃完饭就在街上瞎逛,说实话不穿校服的乐珊还是很漂亮的,当然她穿着校服也比很多人漂亮。我们漫无目地逛了一个多小时,然后坐在天一广场的一个角落里。乐珊说,这可能是她高考前最后一次见我了。

我看着乐珊说:"你的睫毛好漂亮啊,是不是假睫毛啊?"

乐珊看着我说:"我一直都这样,你说假的还是真的?"

我说:"万一一直是假的呢?你等等,让我近距离观察一下。"

乐珊笑了笑凑到我眼前三厘米处,说:"你仔细看看。"

乐珊这个举动吓我一跳,害得我退后五厘米,说:"我以为你要吻我。"

乐珊看着我说:"看清楚了吗?"

这个时候我才慢慢凑过头去,我第一次这样仔细地看着乐珊的脸,说起来,我好像都没这么仔细地看过宣琳。乐珊比我平时看到的她要漂亮得多。于是我的嘴巴就不小心碰到了她的脸,又不小心碰到了她的嘴唇。我看到乐珊深黑的瞳孔里有我的脸庞。我说:"乐珊,我不小心碰到的。"

乐珊看着我说:"嗯,我知道。"

于是我又亲了一下乐珊,我说:"这次我是故意的。"

乐珊还是看着我说:"嗯,我知道。"

于是我又亲了一下乐珊说:"那你猜这次是不小心还是故意的。"

乐珊说:"我猜不到。"

于是我又开始亲乐珊,这次时间持续了一分多钟,之后我问乐珊:"这次能猜出来了吗?"

乐珊看着我就开始亲我,然后问我:"那你能猜出来我是不小心的还是故意的吗?"

我说我不知道,于是我们的舌头交织在一起。

在我们亲吻的时候,乐珊突然对我说:"你这样会有愧疚感吗?"

我说:"哪里来的愧疚感?"

乐珊说:"对你女朋友的愧疚感。"

我说:"我并没有女朋友。"

乐珊说:"上海那个呢?"

我说:"已经分手了。"

乐珊笑了笑说:"骗我的?"

我说:"并没有。"

乐珊说:"为什么分手?"

我说:"因为跟你接吻,所以分手了。"

乐珊说:"太晚了,得回去了。"

我说:"高考前,我还要见你一次。"

乐珊说:"考完再见。"

我说:"高考这么伟大吗?"

乐珊说:"对。"

我说:"比爱情还伟大吗?"

乐珊说:"那就再亲一次吧。"

我说:"那我送你回家。"

乐珊说:"不,我自己回去,我爸可能会看到的。"

夜幕下,我依依不舍地把乐珊送上出租车,然后一转身就看到了阿叉,他正像看一部惊悚片一样盯着我看,于是我也像看一部惊悚片那样盯着阿叉看。这样如同两尊雕像的对视方式,在人流如潮的地方有点尴尬,于是我走到阿叉面前说:"阿叉……"话音未落,阿叉就瞪着眼,一副吹响冲锋号的表情,举起手臂,要把我一拳干掉。于是我只能撒腿就跑,阿叉奋力在后面追。我翻过路边的两排栏杆,一下子跑到了马路对面,阿叉依旧在后面紧追不舍。

我就这样又跑了五分钟,在一个台阶上坐了下来,气喘吁吁地冷静了一下,掏出手机给阿叉打电话。电话马上就通了,我说:"阿叉你先别激动,你听我说,没必要这么激动……"这时候我的后背被猛踹了一脚,整个人在地上滚了一圈,等爬起来,只听阿叉气喘吁吁地吼道:"自己泡乐珊,还有脸给我打电话!"

说完这话,阿叉准备再来一脚飞毛腿,我只能再次撒腿跑。跑了半天,阿叉突然打来了电话,我一接听,他就说:"跑也没用,你给我等着。"我和阿叉的关系一向非常不错,而且阿叉在那所三流大专里一直活在艾森等人的淫威下,今天能展现出这种超凡的威力,只能证明爱情的力量很伟大。

我准备步行回自己的住处,然后乐珊就给我发了信息,说是太晚了就不跟我打电话了,让我早点睡觉。

我走在大街上回乐珊:我睡不着。

乐珊回:躺床上了吗?

我边走边回:嗯,躺着了。

乐珊回:来,闭上眼睛。

我回:闭上了。

乐珊回:好的,我给你讲个故事。

我回:好的。

乐珊回:从前世界上只剩一个人了,突然外面传来了敲门声……

我回:爱情故事还是恐怖故事啊?

乐珊回:你没闭眼睛啊,闭上眼睛怎么还能看见我的故事?

我回:好的,那我闭上吧。

乐珊回:一定要闭上,我许了一个愿,你帮我闭眼睛,明天再睁开。

我走在街上,竟然真的闭上了眼睛,结果撞到了一对情侣,那男的搂着女朋友瞪着我说:"没长眼睛啊?!"于是我睁开眼睛,看到乐珊发了一条:喜欢你,晚安。于是我笑了笑,那个男的对着我说:"还笑?"

那女的一把拉住那男的说:"啊呀,不要跟这种人计较啦!"

我就这样朝着自己的住处走去,朝着更深的黑夜走去。

第二十一章

我在住处等着投出去的简历能得到回复,但是三天过去,没有任何回应。感觉这间屋子越来越空荡荡,我只能打开音响,让音乐来填充这间空荡荡的屋子。没想到才播放了十分钟,保罗大妈就猛踹房门,在我还没把门完全打开的时候,她就一下子冲了进来,以居委会老干部的口吻对我说:"素质呢素质,影响邻里知道不?"

我只能把音量调小,说:"这样,可以了吗?"

保罗大妈环顾了一圈我的屋子说:"啧啧啧,你看你看,这屋子像什么样子啊?我说,你一个年轻人,这样子有前途吗?"

见我不回答,保罗大妈又看着我说:"你说,你现在到底在干什么?靠啥赚钱?"

我盯着电脑屏幕说:"没干什么,没钱。"

保罗大妈继续问:"那个叫老文的人呢?"

我说:"走了。"

保罗大妈说:"走了?去哪里了?"

我说:"我怎么知道?"

保罗大妈又环顾了一圈屋子说:"人家肯定有更好的发展了,你就这样一直待在这屋子里?"

我没有说话。

"年轻人一定要充满朝气,你说你这样要素质没素质,要能力没能力,要长相没长相,要钱没钱,你怎么在这个社会上混啊?你看你连自己的屋子都不会收拾,再这样下去你连房租都交不起了吧?当然这个不重要,重要的是你自己的未来,你有没有想过你自己的未来?我看你的未来也就是现在这样了,难道你自己一点也不担心吗?"

我突然转过头去说了一句:"你女儿还好吗?"

保罗大妈一时没适应我的节奏,诧异地看着我问:"我女儿怎么了?"

我说:"难道你女儿没跟你说吗?"

保罗大妈往前走了两步,盯着我说:"说什么?"

我笑了笑说:"你女儿喜欢我啊。"

一听到这句话,保罗大妈的两颗眼珠子好像要弹射出来了,胸脯一鼓一鼓地,我感觉她随时可能变身为一头怪物把我消灭了。当然,我只是想捉弄一下保罗大妈,为了稳定她的情绪,我忙说:"你别激动,我不喜欢你女儿的。"

听到这话,保罗大妈似乎更加生气了,她双脚分开、双手叉着腰说:"你给我听好了,你要是敢动我女儿一根汗毛,我就打死你。"

我开大了音乐声说:"什么?你说什么?"

保罗大妈一脚踹翻一把椅子,摔门而出后扔下一句:"你给我等着!"

我从学校出来之后,似乎一直等着,等着各种好的坏的东西的到来,但是除了一些鸡毛蒜皮的事情,我似乎没等到什么。这时候门外又传来一阵急促的敲门声,我心想,这个世界上唯一不会让我久等的就是保罗大妈了。三分钟都不到,她又杀了回来。我想手里拿个什么东西防个身,但房间里没什么东西好拿,于是我就提了一把菜刀走到门边。透过猫眼看了一眼,结果发现门口站着的人是马子。

马子来找我不是问我借钱就是和我谈论几百万几千万的项目,总之没有一件靠谱的事情,但是比起保罗大妈还是让我放松不少。于是我提着菜刀打开了门。一打开门,马子背后突然出现了一帮人,我定睛一看,有阿叉,还有艾森,以及其他我不认识的人,一共十来个人。

马子见我手里提着菜刀,一下子钻到了人群后面,阿叉和艾森见到我的菜刀,也一下子摆出要和我决斗的架势。这个时候保罗大妈领着她女儿噔噔噔地出现在楼道里,一边破口大骂,一边乱挥手势。但当她看到我们在楼道里对峙,我还提着菜刀时,一下子就没了声音,默默地掏出手机说:"王素珍啊,4幢4楼的楼道里好像有点问题,你过来看一下。"我顿时感觉望西街的几大势力瞬间云集在了这个楼道里。

我率先开口:"阿叉,你到底怎么了?"

阿叉说:"让你泡乐珊!"

保罗大妈疑惑地看了看自己的女儿说:"泡乐珊?他们管你叫乐珊?"

保罗大妈的女儿摇摇头。保罗大妈说:"别出声,我们再看一会儿。"

我说:"阿叉,你们太高中生了,都几岁的人了,这样有意思吗?还有那个学生会的,艾森对吧,你说你们幼稚不幼稚啊?"

艾森以学生会主席的口吻说:"既然我们今天来了,那就把这事情解决一下。"

我想这事情有什么好解决的,爱情的事情除了两个人喜欢或者不喜欢,还能怎么解决?除非他们想把我这个人给解决了。为了提高气势,我提着菜刀指着他们说:"不要把我惹毛了,惹毛了我,把你们一个个都解决了。"说完这句话,感觉不对,毕竟对方有十来个人,万一真被我激怒了,估计自己也招架不住。关键我这把菜刀已经很久没用过了,估计一刀下去也就只能砍出一点锈迹。于是我又补了一句:"如果你们愿意到我屋里喝喝茶,那我还是欢迎的。"此时躲在最后面的马子发出了声音:"哎哎,喝茶,喝茶好,大家坐下来好好谈谈。"这个时候王素珍及时地赶到了,看到我手里提着菜刀,夸张地倒吸了一口气,转身就说:"等等,我去报警。"保罗大妈一把拉住她说:"怕什么,我已经看了五分钟,再看一会儿。"

我们又对峙了五分钟,然后所有人都进了我的屋子里。这屋里从来没有这么热闹过,椅子上,地板上,床上,都是人。王素珍以居委会大妈的口吻,耐心地和我讲解起了男女青年在恋爱过程中遇到问题时正确的处理方法,其间时不时穿插着保罗大妈的"对啊""是啊""没错"……在王素珍耐心的教育和疏导下,有几个人竟然在我床上睡着了。

我看气氛缓和了不少,就放下了手中的菜刀。艾森依旧打着官腔:"这事情我看我们都能正确对待了,那矛盾也消解了。其实事情也没有这么复杂,关键要看自己的心态。"

阿叉一脸茫然地说："你们都没说什么,这事情就解决了?"

我说："阿叉,真的要解决,方式很简单,但是我怕我会伤害到你。"

阿叉激动地站起身："不就这把破菜刀吗?你有种过来啊!"

我拿起手机说："现在我就打电话给乐珊,让她自己选择,这不就行了?"

阿叉立即坐了回去,这时候王素珍说："好了好了,大家都散了吧,散了散了。"

艾森把在我床上睡着的几个人叫醒："赶紧回去,回去!"

十几个人退出了我的屋子,屋子里一下子明亮了一些,但马子和阿叉依旧坐在我的屋子里没有动。

我说："阿叉……"

阿叉手一挥说："别说了,祝你们幸福。"

我说："这种庸俗又酸溜溜的话就不要说了。"

这时候我看看马子,马子突然一笑说："儿女私情,我不太懂。"

我说："你就这么出卖了我,你们两个很熟吗?"

马子依旧一脸微笑："名片嘛,你知道我到处发名片的,他就来找我了。"

"马子,这一笔你一定赚了不少吧。"

"不不不,这绝对友情价,你知道我这个人很重情义的。"

整个屋子里的气氛一下就变得很不伦不类了。阿叉不知道说什么。马子也不知道说什么。我也不知道说什么。我就这样送走了马子和阿叉。我感觉自己又过了无聊且荒唐的一天。我总觉得自己应该干点什么了。

第二十二章

在实在没有钱的情况下,我找了一份在超市销售即将过期商品的工作,每天拿着扩音器说一些我自己都不相信的话。大部分时间,围绕在我身边的是一些中老年妇女,她们还不停地向我咨询各种关于再过两三天就过期的商品的问题,我还要耐心地为她们一一解答。我感觉自己也即将过期了。

于是白天我拿着扩音器狂喊,晚上就跑到复旦中学的门口等乐珊上完夜自习出来。以前乐珊上完夜自习直奔家里,然后继续念书复习。现在她出来之后,我就带她去吃夜宵,有一次我还和她去KTV,唱歌唱到凌晨两点多。然后我们就在KTV里面睡着了,我迷迷糊糊中把声音调小,乐珊依然熟睡着。这一切让我想起了当初我和宣琳在上海的时候,我们也是这样唱歌到凌晨,最后在KTV里面睡着了,然而这一切已经是非常久远的事情了。大屏幕上变化着各种画面,音乐声也不停地变幻着。

乐珊醒来的时候已经五点多。她揉揉惺忪的睡眼说:"完了,我爸妈一定在找我。"

我说:"你说在同学家睡觉就好了。"

乐珊说:"你以为我爸妈这么好骗?"

我说:"那你说怎么办。"

乐珊看了看手机说:"二十多个未接来电,我爸妈估计都报警了。"

我说:"要不你先回去上学,就实话实说和我在一起得了。"

乐珊说:"要是他们知道我和你在一起,那就更加完了。"

我说:"难道我就这么可怕吗?"

乐珊说:"你没好好念书,又没好好工作,只做自己喜欢的事,现在也没做出什么成就对吧?然后整天就晃啊晃啊,还和高中生谈恋爱。"

我说:"那你喜欢我什么?"

乐珊说:"我就是喜欢你没好好念书,又没好好工作,只做自己喜欢的事,但又还没做出成就来,就整天晃啊晃啊,还和我谈恋爱。"

我说:"那说明这个是优点啊。"

乐珊说:"但爸妈和老师肯定会觉得你太可怕了。"

此时 KTV 里正在播放一首五月天的歌,五月天唱了很多口水歌,但我就是特别喜欢这些口水歌,很符合我当下的状态。乐珊犹豫着要不要给家里回个电话,看她一直犹豫不决的样子,我说:"要不我们私奔吧?"

乐珊握着手机看着我说:"你知道吗?老师说我可是能考上清华北大的人。"

我说:"清华北大算什么,厉害的人都是私奔的。"

乐珊说:"可我又不是厉害的人,我只能上上清华北大。"

我说:"你别说了,我先带你去吃早点。"

出了KTV,我和乐珊走了很久,然后一起吃了早点。我们一起去了我工作的超市,我拿着扩音器喊叫,乐珊就待在我身边,还从书包里翻出了模拟真题试卷。我做了一天的促销活动,乐珊就在旁边做了一天的模拟真题试卷。晚上我又带乐珊去吃了一顿好吃的。

我边吃边说:"要不你还是回家或者回学校吧。"

乐珊说:"现在回去,我爸妈真的要打断我的腿了。"

我说:"那要不你就失踪,就待在我这里复习,等到高考了就去考一下,反正你成绩这么好,到时候考上清华北大,那你就成了一个传说。"

乐珊说:"想回又不敢回。"

我说:"要不这样,你就发一条短信给你爸妈,就说呢,我现在为了梦想,暂时要离开你们几天,等高考的时候我就会回归,到时候我就证明给你们看,请你们放心。"

乐珊说:"我怎么觉得你比高中生还天真,你是不是小说看多了?"

我还是把乐珊送到了她家门口。我想和乐珊多待会儿,但又怕她爸妈出来看到我。在我犹豫不定的时候,我亲了乐珊一下,然后马上跑开了。我好像从来没有跑得这么快过,两边的楼房、树木都在快速地后退着,我就像一辆破旧却疯狂行驶的汽车。我没有回头看乐珊,但我能想象乐珊正在离我远去,慢慢地变成一个点,最后消失在我的世界里。我跑过夜宵摊,跑过海鲜城,跑过居民区,跑过大公园,跑过跨江大桥,跑过密集的人群,跑到明亮的地方,周围一片寂静,好像我自己也即将消失。

这个时候我收到一条乐珊的信息：若有缘，再相见。若平时看到这句话，我会觉得很庸俗，但是此时，我也复制粘贴了一样的话发给她。

我换了一个住处，换到了一个更加偏僻的地方。那一天有一个陌生来电，我以为是楼盘销售电话，就一直没有接，但它一直没有挂断。我想这肯定是老文，于是我按下接听键。一个熟悉又久违的声音传了过来，不是老文，是我爸。从学校出来之后我就一直躲避着我爸给我的各种安排，甚至从来不接他的电话，就算我住在附近，我也要让他感觉我一直在很远的远方，我已经很久没有听到他的声音了。我爸很高兴我能接听他的电话，他一定不知道我把他当作了老文。

那个晚上，我爸和我讲了两个多小时，要是平时我都坚持不了两秒钟。我躺在新住处硬邦邦的床上，望着天花板发呆。我爸给我安排了去一家国企上班，我没有拒绝，只是说，给我三天的时间考虑一下。我环顾一圈没有任何回忆的房间，拿出了一块几年前一直热爱的滑板。这是一块被磨得已经看不出上面图案的滑板，时间在这块板面上留下了许多痕迹。大约是从十六岁开始，唯一陪在我身边的就是这块滑板了。我拿着它，想再回顾一下那些过去的岁月。

夏天，南方沿海小城。我的世界从天黑以后开始。

我只能去玩滑板。在天黑以后滑遍这座城市的大部分道路。我经常在姚江边的江滨公园跳台阶，做 OL，做 KF，做 HP，做 POP。我喜欢的滑板手是 Rodney Mullen，他好像说过一句话：天黑以后，整个世界都是我的。有时候我觉得这话挺酷，有时候觉得这话挺俗。

这些都不是重点,重点是作为一个写作者,我已经被一百多家出版社退稿。这些出版社,好像被我的小说弄得集体失踪了。

我大部分的时间都在姚江边玩滑板。姚江贯穿了这座城市,与另一条江汇合后流入大海。可我很少见到大海。

我唯一失误的一件事是,半夜在江滨公园里,在只看到一个女人背影的情况下,就兴奋地做了一个 KF 下七个台阶的动作。结果真的失误,人在地上翻滚了三圈,滑板直冲那女人而去。她回头了,脸蛋十分漂亮。这次失误大了。

我和那姑娘坐在江边的木椅上。我不停地揉着受伤的小腿,灯光微弱。

姑娘问:"你干吗的?"

我说:"我被一百多家出版社退稿,所以我只是玩滑板的。"

姑娘说:"到底是玩滑板的还是被退稿的?"

我说:"被退稿的。"

姑娘说:"史泰龙成名前睡在破车里,被一百家公司拒绝,但是我不想说史泰龙的故事。"

我继续揉着小腿说:"那你说史泰龙干吗?"

姑娘说:"让你知道你不是史泰龙。"

我说:"我有史泰龙的三分之一就好了。"

"那是屎。"姑娘用漂亮的嘴唇轻描淡写地说了一句斩钉截铁的话。我说:"你也大半夜的不睡觉?"

姑娘说:"在等我男朋友。"

顿时,我脑海里幻想的所有浪漫邂逅的美好画面都泡汤了,我想我可以揉揉小腿走了,毕竟揉不到姑娘的大腿。

我说:"那好吧,再见。"

姑娘说:"是不是你脑海里所有的韩剧镜头都没有了?"

我说:"你有绝症吗?韩剧里都这样的。"

姑娘说:"你有车吗?载我一程。"

我看了看滑板。明白了韩剧里可以没有滑板,但至少得有一辆车。

我说:"你不是在等你男朋友吗?"

姑娘说:"他有辆奔驰S600,但没有个性,我坐腻了。"

我想了想说:"我有一辆1998年生产的三菱Evo,我自己改装过,可以在没人的时候飙车。"

姑娘说:"我以为你有一辆1962年产的奔驰老爷车。"

我把裤腿放下。其实我连1998年产的三菱都没有,我以为坐惯大奔的女人都喜欢坐坐改装版的绝版三菱Evo,偶尔享受一下发动机咆哮中产生的速度感。如果她说她喜欢,我可以问马子借。不过马子也没有三菱Evo。他可以问无所不能的金总借,至于金总有没有Evo,我也不知道。

姑娘说:"那你走吧,再见。"

我还在想着三菱Evo的事,可已经没有Evo什么事了。漂亮姑娘对Evo没兴趣。我对漂亮姑娘有兴趣。漂亮姑娘对我没兴趣。我对Evo有兴趣。我没有Evo。

我说:"那留个号码吧,以后我可以带你飙车。"

姑娘给了我一个手机号码,我便拨了这个号码,她的手机顿时响起了铃声。一点也不假。

姑娘说:"你一定没有 Evo。"

我说:"那你还给我号码。"

姑娘说:"但你有手机。"

江边凉意四起,周围的高楼顶处闪着慢节奏的红灯。

第二十三章

世界这么大,老待在一个地方肯定会死的。马子又在我的耳边说起了语重心长的话。这个世界上,最不会忘记我的人就是马子了,简直就是阴魂不散。我哪怕住到天涯海角,马子都会找到我,并且及时出现在我的身边。马子告诉我,他要和金总一起去云南做玉器生意了,问我有没有兴趣一起去。我说,你们再往南走一点,去老挝开赌场或者去缅甸倒卖缅甸玉。

此时,我正在考虑我爸让我去国企上班的事情。我买了几罐啤酒,我已经喝了两罐,而马子已经喝了四罐。就是在这样的情况下,我说:"马子,金总有没有三菱 Evo?借我一下?"

我拼命摇着马子的手,他已经喝得醉醺醺了。

马子被我摇得晃来晃去:"E 什么 VO,等我当了 CEO 再说。"

我把手放开后说:"马子,我刚交了女朋友,需要 Evo。"

由于惯性，马子还在那边晃来晃去，他突然停下说："女朋友？我只有奥拓啊。"

我说："姑娘说我能拿出三菱 Evo,她就给我一百万。"

"哈哈，幼稚啊，小朋友啊，你以为我是三岁小孩？"马子拿着空罐子，一把捏瘪，红着眼睛说，"说,什么时候要？"

我打电话给那个姑娘，发短信给那个姑娘，不是无人接听就是没有回应。

马子拿着啤酒说："你快啊,再等下去,我们云南都要到了。"

我说,那就明天吧。

马子拿起手机，五分钟内帮我解决了这件事。

我说："马子,你这次这么有能耐了？"

马子说："奥拓贴一下膜不就好了？"

我说："这样也行？"

马子说："别担心,我找的人你放心,法拉利都能给你贴出来。"

马子又喝了半罐啤酒，打听起我的女朋友来。

"那妞是做什么的？"

"她男朋友有辆奔驰 S600,她坐腻了。"

马子一听，又晃了晃身子说："男朋友？S600？那你是她的谁？"然后又晃了晃易拉罐说："哦对，另一个男朋友。也不对，那你有什么？"接着他恍然大悟地说："啊，对，三菱 Evo。"最后人和啤酒罐一起晃起来说："这妞什么时候介绍我认识一下。"

我说："马子……"

马子把空罐子往空中一挥说："放心,我感兴趣的是那妞的男朋友。放心,我说的是另一个男朋友,开 S600 的那个。"

马子说完打了几个嗝,人和空罐子一起倒下了。炙热的太阳也在窗外倒下了。

马子睡了一个晚上,醒了。我醒了一个晚上,看到马子醒了,就假装睡了。那个姑娘一个晚上都没出现。

马子走过来推推我,我没有醒。马子用手试探我的呼吸,我还是没有醒。马子叹了口气说:"别装了,去开 Evo 吧。"

我突然坐起来说:"好吧,不装了。"

马子一惊,然后指指我:"我的意思是,你压到了我的内裤。"

初夏的阳光,让我和马子躲在屋内不敢出去。我们一直无所事事地待到傍晚,马子走到阳台边贼头贼脑地感受了一番后说,可以了,温度已经下降很多。

现在的天气越来越极端。以前总有类似"在阳光下怎么怎么"的句式。多么充满正能量的句式,现在想起来总带着一股浓浓的焦味。

马子带我去了那家汽车改装贴膜店。他那辆小奥拓已经摇身一变成为三菱 Evo,我没有看到过真正的三菱 Evo,但好歹它已经不像小奥拓了。

马子坐在副驾位上说:"别叽歪了,女朋友约好了吗?"

我跳上主驾,慢慢地将这辆所谓的三菱 Evo 开到主路上,然后慢慢地往前挪。马子一把将烟蒂扔出窗外说:"还不如你的滑板快呢,加挡位啊!"

我把挡位加到了二挡,车子又慢慢往前挪了二十米,然后就停在了路边。马子正叼着烟陶醉在车内的音乐中,突然瞪着我:"怎么,熄火了?"

"等等,我给女朋友打个电话。"我给那个姑娘打了电话,又发了短信,结果还是没有联系上。这个时候马子就一直瞪着我,我第二次拿起电话,对着长久的嘟嘟声说:"晚上见吗?好的,那我晚上来接你。"我想了想,又加了一个"么么",然后把手机放回裤袋里。

马子咬着烟说:"么么是什么意思?"

我说:"我喜欢你我爱你我想你的意思。"

"哈哈,么么,么么,哈哈。"然后他一脸严肃地说,"神经病,开车。"

我晃晃悠悠地把奥拓版的三菱 Evo 开到了我的新住处,马子立即下车,连车门都顾不上关就直奔厕所,边跑边说:"憋死我了,二十分钟的路开了一个小时……"

姑娘,还是没有消息。

我下车凝望着这辆车。改装贴膜店的小哥说,他们是按照 1998 年产的第五代 Evo 的样子来改的,这辆车,扭矩 373 牛·米,马力 266 匹。这车到底是不是第五代 Evo,我看不出来。我只看到标志是三菱。

马子下来把我拉上去说,晚上见到那妞帮他问问,如果她有兴趣投资他们的项目,有钱他们一起赚。

我说:"什么项目?"

马子说他要成立一个诗意生活工作室,建立一个品牌,到时候网站杂志影视都搞起来。说完他又叼起一根烟说,多年的梦想啊,要不是没钱,也不会去云南了。

我说,这要多少钱?

马子说,十万块起步,上无限制。

我说,这车改成了第五代三菱Evo的外观?

马子说,他觉得还是长安面包车空间大。

天黑了下来,马子躺在床上看电视,看着看着眼睛就闭起来了。这个时候我终于收到姑娘的短信:在了。

我跑到奥拓车里,然后赶紧给她打了一个电话。姑娘终于接电话了。

我说:"怎么找不到你了?"

姑娘说:"这两天有事。"

我说:"你是做什么的?"

姑娘说:"你是不是想泡我?"

我真不知道该怎么接话。于是我几秒钟都没说话。

姑娘说:"其实我有病,真的不是韩剧情节,是真有病。"

我说:"绝症吗?能治吗?"

姑娘一字一顿地报了一串英文字,然后念了一遍,claustrophobia,就是这个病。

后来我知道,这词翻译成中文叫"幽闭恐惧症"。也就是说在某些相对封闭的空间内,会感到烦躁和焦虑。我想,这也叫病?

我继续问:"严重吗?会死吗?"

姑娘说,如果世界缩小成一个小房间,她就要死了。

我说,如果世界缩小成一个小房间,谁都会死。

姑娘问我还有没有别的事情。

这时候我想起了马子。我觉得马子那事特别不靠谱,于是直截了当地说:"我有一个傻帽朋友要搞一个研究生活的工作室,我听说你男朋友开S600,有兴趣投资吗?"

我等着姑娘马上回绝我,然后我们可以聊点别的东西。

姑娘说:"可以,要多少钱?"

我说:"大概十几二十万。"

姑娘说:"可以。"

没等我反应过来,姑娘说有点事,一会儿再打给我,就把电话挂了。我立即踹开车门,跑到马子旁边,对着他打鼾的鼻子猛捏了几下说:"马子,马子,快醒醒!快醒醒!"

马子立即蹿起来说:"以后没着火就别这么叫。"

我说:"那妞有意向投资你的什么工作室,真的。"

马子抹了一把脸说:"真的?我也只是随便一说而已,行李都收拾好了,准备去云南了。"说完马子打了我一巴掌。

我说:"你干吗?"

"我靠,确实疼,看来不是做梦。"马子看着自己的手掌,然后揉揉我的脸说,"小兄弟,你太有能耐了。"

这时候姑娘发来了短信。我说:"别急别急,姑娘来短信了。"我和马子把头凑到一起,对着我的手机屏幕像看宝贝一样瞪着眼睛,屏幕上显示:我现在遇到急事,能不能先借我两千块?

我和马子都傻眼了。

马子啪地点起一支烟说:"这姑娘你怎么认识的?"

我不敢说是半夜玩滑板的时候聊上的,但也不敢说从小青梅竹马。

马子猛吸一口烟说:"这骗术也太低级点了吧,怪不得屁都不知道就答应投资了,刚挂电话就要借钱,借了钱你一个集团军都找不到她了。"

这个世界上人的性别只有男和女两种，但是女人又分为千千万万种。我在千千万万种女人当中，莫名其妙地为一个莫名其妙的女人编纂一切能借钱的故事，这可能有点肤浅，有点臭屁。

我说："马子，我只是想告别过去而已。"

马子说："这事情都还没过去呢。"

我说："马子，我认识这姑娘几十年了，这借钱很正常。"

马子斜瞪着我说："几十年？你才活了多少年，同一个医院出生的？"说完摸出一沓人民币，数了十五张，"你有几张？"

我说："几张都是五块十块的。"

马子又略显不舍地掏出五张。在我准备拿钱的时候，他拿着钱在我面前晃了晃说："记住啊，我也是看在项目投资的份上，个人的三分之二财产全在你手上了。"

我立即狂奔出门，按照姑娘指定的账号把钱给汇了。汇完之后我给她发了一条短信。跑回家之后，见没回复，就给她打了一个电话，结果关机了。我有点忐忑地看了马子一眼，马子正捧着方便面，嘴巴上挂着几根面条，他把头侧过来说："怎么了？她说什么时候还钱？"

我说："过几天吧。"

马子说："晚上不约会了？"

我说："约的，我这就去。"

我开着这辆长得像1998年产的三菱Evo的奥拓，晃晃悠悠地穿梭在城市里。然后停在江滨公园附近，拿出滑板走到江边的木椅旁。有一对情侣正在谈恋爱，于是我穿过草丛去广场上练动作，结果发现草丛里有一堆的情侣在谈恋爱。我又拨打了姑娘的电话，还是关机。

此时我想起马子的一句话：天黑以后，整个世界的女人都是我的。马子和 Rodney Mullen 的世界观仅差了三个字，却比 Rodney Mullen 酷。

第二十四章

上午十点半醒来,睡觉太累,我得缓缓,然后又躺到了十一点半。躺得太累,所以半坐在床上,坐累了,必须得睡一个午觉,午觉醒来就更得缓缓,就这样缓到了四点半。于是这一天在我第一次下床时,夕阳已经充满了整个房间。在这样的好天气里,我打开电脑准备写点什么,但是破电脑卡了二十分钟 Word 文档才打开。我思考了半个小时,写了一句脏话,然后就把电脑关了。我去厕所里蹲着,掏出手机点外卖。我就这样无比美好且充实地过了大半天。马子还睡在客厅的沙发上,他说他把大部分家当都给了我,只能吃住都在我这里了。

我说:"金总呢?"

马子说:"去美国了。"

这个时候,李主任打来了电话。

我已经在国企上了许多天班,我爸在饭局上对李主任说我什么都能干，其实意思就是什么都不能干，并且让我一个劲喊李主任叔叔。最后我就成了办公室里的一员，写写材料，整整文件，开开车，跑跑腿。李主任见我头脑灵活、举止得体，还经常叫我一起和领导谈谈事吃吃饭。当然我一直很虚伪，我当面叫他李主任，并且在单位装得人模狗样，一天到晚衣冠楚楚，规矩行事，圆滑处事。

但是我一出单位就不想去上班。二十年来大家都觉得我是个小痞子，我爸为了扭转大家对我的这个印象，硬是让我"改邪归正"。我家附近攀比氛围极其浓厚，大致可以概括为：出门左拐年纪轻轻德艺双馨，出门右拐青年才俊日进斗金，直行一百米少年天才明日之星，就连读书时一直倒数、现在在菜场卖海鲜的哥们，都是娶妻生子穿银戴金。我就是在这样的环境下从家里搬出来一个人租房子住的。

李主任来电让我六点半去和领导吃个饭，本来今明两天我是假装生病请假的，但是李主任的口气诚恳中透着威严，所以我只能下楼发动马子的那辆小奥拓。路上汽车堵得我差点睡着，等我到的时候，李主任已经涨红了脸，用一个个朋友圈里泛滥的笑话，把一个个中年大叔大妈逗得合不拢嘴。这时候我一眼瞥见关小美也在，并且也笑得花枝乱颤。有时候想想，去单位上班的唯一动力也就是这关小美的长相了，除了长相，我们更进一步的情感是这样确立的——有一次她说有人说她凶，问我怎么看。我说，你没胸啊！她说，对啊，我没凶啊，然后立马转头看着我说，你摸过啊。就凭她这句话，我觉得她是这单位里我唯一可以坦诚相见的人。事实是我们没有过爱情故事，至于暧昧不暧昧也无法确定，我有时候觉得这姑娘挺好的，但有时候躺在家里也能把她忘掉一会儿。

李主任把我介绍了一番,然后我轮流敬酒,客套话说了十分钟,各种网上泛滥的段子穿插其中。李主任说了一个我去年就听过的段子,引得大家连声说好,然后另一个领导说了一段我五年前就听腻了的心灵鸡汤,竟引得大家陷入沉思。我也看不出来大家是真沉思还是假沉思,于是就起身去上厕所,这时候关小美也跟了出来。

我说:"你装得真像,我就不信,这段子和鸡汤你没听过。"

关小美说:"哪里像,不是被你看出来了吗?"

我说:"你这脸喝得红红的,还挺好看的。"

关小美说:"想调戏我?"

我说:"等等,我尿急。"

从厕所出来之后,我进去又是好几轮敬酒,说了一些不用费脑子的话,这酒局就散了。我看着有点晕乎乎的关小美说:"我开车送你回家吧。"

关小美说:"你找代驾吧。"

于是我找来代驾,坐到后座,把关小美也拉了进来。我搭着她的肩膀说:"今晚喝多了?"

关小美挪开我的手说:"没多,你好好坐着。"

我说:"我又没坐你大腿上。"说完我又把手搭到了她的肩膀上。

她又把我的手挪开说:"哎呀,让你好好坐着别动。"

前面开车的老司机顿时用河南腔回应:"没事没事,年轻人嘛,不要见外。"

关小美立即说:"师傅,他是我弟啊。"

司机说:"没事没事,姐弟恋,我见得多了。"

关小美说："是亲弟弟啊,同一个爹妈啊。"

司机说："不可能,我看了,你们长得没有一点像的。"

关小美说："但他也不是我男朋友啊。"

司机说："现在这社会,说是就是。"

关小美说："难道你说是就是?"

司机说："小姑娘,我跟你说……"

我摸着关小美的大腿说："师傅,你能好好开车吗?"

酒后的城市更显得灯光迷离,车子快到关小美家楼下的时候,我想吻她一下。如果她有过激反应,我就说酒喝多了;如果没有过激反应,我都想跟她下车了。结果车还没停稳,她就打开了车门,车一停就立即下了车,不过关上门的时候脸几乎贴着玻璃对我笑。正当我一脸不知所措的时候,司机又适时地摇下了玻璃窗,我简直想给司机人性化的服务加钱。关小美一个趔趄后退了一步,大声说了一句:"再见!"

晚上我就躺在床上和关小美发短信,我有时候想,同一个办公室谈恋爱不太好,等我哪天不在那个国企干了,说不定就会和关小美好好谈恋爱。但是如果我现在没有很想出来,这说明我也并不是很想和她谈恋爱,到底怎么样我也很困惑。这时候楼上隐约传来了一首英文歌,这楼房租便宜,隔音效果奇差,歌声听得一清二楚。于是我下意识地往墙壁上猛敲了三下,结果歌声戛然而止,随后也传来三声敲墙声。

竟然还有回应!

我放下手机,心里有点好奇。这时候又传来歌声,我仔细听,是Chasen的一首歌曲,Chasen是一个福音摇滚乐队,歌曲说实话还是挺好听的。这次我竟然认真听完了整首歌,然后用较缓的节奏在墙上敲了四下,对方也用同样的节奏敲了四下。这时候我的好奇心彻底被勾起了,于是打开电脑连上音箱,放了 Chasen 的另一首歌曲,结果对方用缓慢的节奏对墙敲了四下,我也用同样的方式给予回应,随后我再怎么敲墙放音乐楼上都没有反应了。

此时,我再看手机,关小美发来十多条消息,最后一条是:你喝多了,醉死了?

我回:刚才在洗澡,我发现一件有趣的事情。

关小美问:什么事情?

我说:改天你到我家来,你就知道了。

关小美回:骗我去你家,这种事情我会上当?

我说:行,就你聪明。

第二天我依旧十点半醒来,醒来看了看手机,关小美发来消息问:到底是什么有趣的事情?这时候我又下意识地敲了三下墙,没有反应。于是我回关小美:要不要今天来我家看看?关小美回:想得美,我上班了。然后我又睡了过去。等我再次醒来,已经下午两点半了,我起床,洗漱完毕,拆开久违的泡面,调料包的味道竟然那么香,我把开水倒入泡面,坐等三五分钟,打开电脑,然后捧着泡面边吃边思考了半小时,连句骂人的话都不想写。看看窗外,太阳还没落下来,要不去睡觉或者先发会儿呆?生活竟然无聊得这么充实。

此时歌声又传来,现在一有歌声我就会仔细听,是 Billie Eilish 的歌曲,听完后我节奏悠缓地敲了三下墙,对方也回以同样的节奏。于是我播放 Billie Eilish 的另外一首歌曲,歌曲结束,同样是节奏悠缓的三声敲墙声。说实话对方的音乐品位还行,因为跟我的口味差不多。

马子已经消失了两天，而我基本就躲在窗边思考人生。等到六点多太阳落下去的时候，我用电脑放了一首艾薇儿的歌曲。刚放十秒钟，对方就沉重地敲了两下，于是我试着换了艾薇儿的另一首歌，音乐一开始又是沉重的两下，这表示还是不喜欢。于是我再次放 Chasen 的歌曲，听到歌声后，对方悠缓地敲了三下，这大概是表示听过了。

这实在是一件比上班有趣得多的事情。于是我打开音乐软件，一首一首播放，竟然每首都会有回应，播放了一个多小时，我差不多摸准了套路——重捶两下表示不喜欢，悠缓三下是喜欢，还有连续四下是再来一遍，轻捶一下是表示换对方播放。

于是我再次发消息给关小美：晚上来我家吗？真的有有趣的事情。

关小美说：你说了，我就过来。

我说：你来了就知道了。

关小美说：李主任让我写材料，明天得交。

我说：那你明晚来。

关小美说：别骗我。

我说：那你多穿点。

关小美回：再见！

我开始尝试更多的交流与发现，譬如在不播放音乐的情况下，自己设计了"敲墙语言"，根据次数、频率、轻重的变化，对方似乎也明白我想进行交流，也会根据我的节奏做出一样的节奏，但偶尔会另加几下，这在我看来有点可爱。有时我担心，这墙会不会被敲穿啊？这样想的时候，我发现已经一下午没有回关小美的消息，她的最后一条消息是：又死啦？还让我来你家吗？

关小美最终还是来了我家。这是她第一次来我家，进门第一句话就是"够乱的啊"。她站在客厅中间环顾了一圈后问："有趣的事情呢？"

我拿出两只杯子，倒上红酒说："别急，先喝一杯。"

关小美哼了一声说："还红酒？你装什么浪漫啊，骗我喝酒是不是？"

我端着酒杯说："感情深，一口闷。"

关小美把酒杯往桌子上一放说："别跟我说饭局上那些套话，无趣！"

我一饮而尽后说："你坐下，我们先吃个饭。"

关小美说："你不是只会泡面吗？"

我说："还会点外卖。"

关小美白了我一眼，然后我们就开始点外卖。在等外卖的时间里，我好说歹说让关小美喝了一杯酒，然后我们讲了两个黄色笑话，其中有一个还是她给我讲的。我不知道这次是送外卖时间短还是讲黄色笑话时间长，总之讲完笑话外卖已经到了。关小美说我这红酒不会超过二十块，这外卖还不如泡面好吃。她把筷子往桌上一放说："好了，可以让我知道有趣的事情了吗？"

我跷着二郎腿，嘴里含着饭粒说："让我再吃会儿。"说完还打了一个饱嗝。

关小美看着我说："你在单位简直是衣冠禽兽啊。"

我说："我哪里禽兽了？"

关小美说："一本正经地骗我到你家，骗我喝酒，有趣的事情呢？"

我说："这些还不够有趣吗？"

关小美摆弄着一根筷子说："就这些？"

我说："走，去我房间吧。"

我走到房间里，关小美还站在客厅里，屋里光线昏暗，我看不清楚她的表情，她像个木偶一样站在那里，然后缓缓移动到房间的门边，把头探进来看了一圈后说："房间里连把椅子都没有？"

我说："我从来都是坐在床上的。"

关小美将身体靠着门框说："那我们要上床了？"

我说："就在床上坐坐。"

关小美嘴角一歪说："床上做做，呵呵。"

她像一条鱼一样跃入门内，然后一把将窗帘拉开，强烈的光线像海水一样涌进来，整个房间就像被淹没了一样。她又开始环顾我的房间，什么书本啊吉他啊台灯啊画作啊之类的，她突然说："你竟然还有画？"

我开始瞎编："对，根据凡·高的《星空》改画的，这是我一个在比利时学画画的朋友送我的，他非常喜欢凡·高，曾经在欧洲巡展，他的油画水平……"

其实这是我在淘宝上花几十块钱买来的。

关小美盯着我看，说："别跟我装，行不？"

我坐在床上说："我哪里装了？"

关小美说："就算是真的，看起来也像装的，这些不适合你。"

这时候关小美坐到了床沿，问："你很累？"

我说："对，给我揉揉。"

关小美一笑说："我就知道你会这么说，一点都没有新鲜感。"

这时候传来了敲墙声，各种频率、节奏，关小美看着天花板说："楼上在装修？"

没等我回答，传来了歌声，换了两首歌，最后又放了一首熟悉的

Chasen 的歌。关小美突然凑近我说:"你这楼上住的神经病吧?"

我说:"这楼隔音不好。"

关小美说:"隔音不好,就应该轻一点啊,敲墙,还放这么大声的音乐,还停不了了,走,上楼去说。"

我说:"你安静地坐会儿行吗?"

关小美对着墙一阵猛乱拍打,还附带一句"轻一点",楼上顿时没了声音,我一把拉过她,几乎已经搂住了她,然后她就倒在床上。她看着我说:"你这么凶干吗,墙会倒?"

我半躺在床上,楼上再也没有声音了,我看着关小美一脸茫然的表情说:"不是怕墙倒,是怕你手疼。"说完我就握着她的手。

她把头凑近后看着我说:"你就只会扯淡。"

我搂住她说:"还会扯衣服。"

在我们零距离躺在床上,两个人即将融合成一体的时候,敲墙声再次响起,这节奏和关小美的一样猛乱。关小美收回舌头,猛抬头瞪着天花板说:"我们上去!"

我说:"别管这些,不要分心。"

这时候耳边响起了 Taylor Swift 的歌曲,并且持续不断,关小美看着我说:"真的上去!"

我说:"没事,音乐不是挺好听的吗?"

关小美一下坐了起来说:"好听?烂大街的流行音乐,还用个破音响,这种口水歌你受得了?你听听,这声音都快和你自己房间里放的一样响了。"

我重新搂住她,把嘴凑到她耳边说:"要听什么,唱给你听。"

我们就这样躺在我的单人床上,她怔怔地看了我一会儿说:"不要听。"

于是我就顺着她的耳朵开始吻她的脖子,她突然喉咙一动说:"金主任给我介绍了一个男朋友。"

我用嘴巴抵着她的脖子说:"喜欢吗?"

她看了一眼窗户说:"去把窗帘拉上。"

于是我走过去把窗帘拉上,此时,关小美已经走到客厅,我看着她黑漆漆的身影说:"怎么了?"

她说:"没什么,饿了。"

我送她出门,在电梯里遇到了一个女人,和关小美差不多年纪,比关小美瘦弱一点。我就像之前那样在电梯里遇到人就不断用手指敲打着,她回头看了一眼,微微一笑,如果此时她也用手指敲打做出反应就可以确定她就是楼上的人。我后悔刚才没看电梯停在几楼,于是送走关小美之后,但凡从下往上的电梯,我都会观察电梯里的人按了几楼。

周五下午,李主任给我们开完会,我就坐在座位上画画等下班。等我画满一张 A4 纸,抬头发现关小美正低头看着我。

关小美说:"跟你比利时学油画的朋友学的?"

在这张 A4 纸上我画了六七个人,都是这些天我在电梯里遇到并且按了 12 层的,而我住 11 层,每层有四户,每户的人数都不好确定。

关小美继续问:"你画这些干什么?"

我说:"我要写一本小说,施耐庵写《水浒传》就这样,写之前画了一百零八个人物,有趣吗?"

关小美说:"这就是你所谓的有趣。"

我说:"晚上一起吃饭吗?"

关小美说："再去你家和你一起坐床上听噪音吗？"

我赶紧嘘了一下说："这是单位啊。"

关小美说："早下班了，全走光了。"

一直以来，我们在单位时和不在单位时用的是两套话语系统。关小美在单位也是一本正经的职业女性，要不是和她私下接触过，我都害怕她那一张紧绷着的脸。

我说："我们的关系怎么会这么好呢？"

关小美说："那是我一眼就看穿了你，你自以为装得像，其实装得并不好，本性难掩。"

我说："好吧，那就去我家吧。"

关小美说："金主任的朋友约了我。"

我说："看来你很喜欢啊，那我回家了。"

关小美说："那我可以毁约啊。"

和关小美一起吃晚饭的时候，我竟然收到了宣琳的消息，她就发给我两个字"在吗"。我内心忐忑地看了一眼关小美，不知道该怎么办。我拿起杯子喝了半杯茶，回了两个字"不在"。然后宣琳又发过来：这段时间我冷静思考了很久，这个世界上你能遇到很多喜欢的人，但是爱情永远是一对一的。我看了一眼关小美，回了一个字"对"。宣琳又回：我到宁波来看你好吗？

不知道为什么，我突然想洗个脸冷静一下，于是我去了一趟洗手间，用冷水在脸上拍了几下，然后看着镜子里的自己说，要和过去告别。我回到座位，关小美却不在了，我打关小美电话却打不通，很久之后她给我发了一条短信：好好陪你的女朋友。

那个晚上,我一个人吃了两个人的饭。这让我以后很难面对关小美,我突然发现这个单位的确不适合我。

第二十五章

马子消失了两天之后,又到我这边来了,而这次他还带了一个人,我在开门的那一瞬间惊呆了,站在马子后面的人竟然是老文。

我说:"老文,你怎么和马子在一起?你的有钱女朋友呢?"

老文依旧一副处事不惊的样子,然后看着马子。

马子打开一罐啤酒说:"老文一直在东门口地铁站口弹吉他卖唱,我一直觉得眼熟啊,非常眼熟,你要知道我看了一下午才想起来的。他说他找不到你了,你连家都搬了。"

我说:"老文,你现在还会弹吉他?"

马子喝了一口啤酒说:"你能不能抓个重点问?"

我说:"老文,你不是说混好了就打电话给我让我跟着你混吗?"

老文说:"和女友吵架,手机摔坏了,你也搬家了,我以为你混得比我好。"

我说:"那这样看起来我的确混得比你好。"

马子说:"好个屁,欠我的钱还没还呢。"

我两天没有去单位上班了。李主任打电话给我爸,我爸就火急火燎地打电话问我到底怎么回事。我说,我这个人还是喜欢自由。我爸在那边开始激动,我就马上把电话给挂了,然后关机。

我和老文、马子三个人喝了三天的啤酒,整天晕晕乎乎地谈论着各种事情。在多日酒精的作用下,我们突然发现,我们三个是这个世界很重要的组合。老文说如果我们是个乐队,一定能唱出单位年终联欢会的水准。马子说如果我们是个创业团队,一定能摆脱吃泡面盒饭的命运。我想,的确理想很高,但要求很低。我说,我们还是去远方吧。

这几天我们还研究讨论:

眉间距对标准美女脸蛋的细微影响。

阿斯顿·马丁 DB11 与 DB9 头灯的设计区别。

房价与股票影响中国泡沫经济的必然性。

中日关系与美国重返亚洲的内因形成。

政府是不是应该像北欧那样给我们提供更多的福利?

如果我们中有个人当总统了,剩下两个都当副总统。

那如果中了两个亿呢?

在这样的情况下,我们三个人又将马子的那辆小奥拓改装了一遍。我们各自的审美都在这辆车上得到了体现。我按照炫酷标准装了氙气大灯,马子按照超跑配置加了四根排气管,老文根据丰田 AE86 贴了一行:"藤原豆腐店 —— 环游世界"。

我说:"山寨是有点山寨。"

老文说:"这车环游世界,老外一看就知道是中国风。"

马子驴唇不对马嘴地说:"中国风不就是那个《东风破》。"

老文说:"对,东风破车。"

马子一脸抵制日货的表情:"哎哎,不要乱说,我们要支持国货,以后买车就买东风破……东风汽……汽车。"

此时,我们觉得很多梦想已经实现不了了,年龄唰唰唰地越来越大。在人生十有八九不如意的情况下,就应该挑一个最像梦想的梦想——开车环游世界。

马子认为,环游回来,车还可以卖掉换点钱。

我说,这车可能开着开着零件都散落在各地了。

老文说,环游过世界的车都能升值。

马子说,他坐过的车也能升值。

我想,这钱真好赚。

在我们出发前几天,老文和马子先环游了宁波这座城市,一路顺畅地压了 n 条双黄线,闯了几次单行线,违规调头,无视单双号限行。

马子还开着车和女朋友去兜风道别。我和老文都很吃惊,马子竟然还有女朋友。马子女朋友不让他走,他一定要走,女朋友要求分手,他一定不要分手。用这四句话交锋了十几个回合,回来的时候,我还在车上发现了安全套。

我说:"马子,车震不太好。"

马子说:"怎么? 不妥?"

我说:"在车上做这个事情对我们出行不利。"

马子说:"你这就是迷信了,哪里不利?"

我说:"对悬挂不利。"

马子说:"的确是科学道理。"

于是我们挑选了阴郁但挂历上写着"宜出行"的一天,每人一个包上了这辆小奥拓,轻松得跟去菜场买菜似的。

老文坐在后座上,在阴沉沉的天气里戴上了一副墨镜。

马子说:"这天气,你戴墨镜算命吗?"

老文说:"我们马上要开到有太阳的地方去了。"

这句话说得那么诗和远方,那么蠢蠢和欲动。

老文总是这样一副处事不惊的文绉绉样。

我挂了挡。马子的女朋友突然横在了引擎盖前。马子只愣了两秒,马上指挥说,倒倒倒。我快速往后倒了十米,马子女朋友噔噔噔逼上来,我就继续后退,马子女朋友几乎贴着车头前进,我们就一直倒倒倒倒……

倒了一百多米,一位大爷拉住她:"姑娘,你这神功叫什么名字?"

她瞪着挡风玻璃说:爱情。

正在大爷似懂非懂、膜拜不已、东问西问的时候,我快速踩着油门开走了。

我们听到她在后面大喊:"滚蛋,分手!"

老文看着后视镜说:"那么我们现在往哪开?"

我们一致决定先去泰国,然后马子就很专业地打开了导航,输入"曼谷"两个字。这一切看起来很不可思议,可实在是太酷了,酷得连签证都没有。

我说:"这导航能导到曼谷?"

马子说:"有有有,曼谷雨季。"

我说:"啥,还能导到雨季?"

马子说:"你出过远门没?"

于是二十分钟后,我们的小奥拓停在一个金碧辉煌的大门前,上面写着"曼谷雨季推拿会所"。马子不动声色地凝视了一分钟,憋出一句脏话。

老文说:"你真是出过远门的人啊。"

马子十分抱歉地表示他请客,于是我们三个人下车走进大厅。在大厅里,马子说,其实他对女朋友很愧疚,于是给女朋友发了个消息,发了一大堆表示歉意的话,见没有反应,准备打电话。结果女朋友又及时出现在了我们面前。

我们三个本能地再次上车准备逃跑,虽然我和老文也不知道为什么要逃跑。我刚打开驾驶室的门,马子一把拉开我说:"我来开。"于是我和老文就挤在后座,左边的门开了五百米才关上。没想到马子的女朋友叫了一辆车紧追不舍。老文往后面看了一眼说:"爱情的力量真伟大。"我说:"马子,你这是欠了人家的钱吧,她是不是你的债主啊?"马子突然一个急转弯,猛踩油门说:"都有,都有。"

马子将那辆小奥拓的速度发挥到了极致,我感觉发动机都快爆缸了。我和老文在后座心惊肉跳地让马子开慢一点。马子说他一定要甩掉她。马子穿街过巷,把我们绕得跟喝了酒似的,然后我感觉两边的建筑物变少了。在一条乡村道路的转弯处,马子问我:"这下甩掉了吧?"话音刚落,我们的车子就因为拐弯过猛飞了出去,侧翻在农田里。

花了好长时间,我和老文、马子才从车里爬出来。马子瘸着腿看了看四周,老文满脸灰尘地看着印有"藤原豆腐店"的小奥拓。我站在广阔的农田里,天很蓝,云很白,夏天的气息已经很浓郁。这让我有一种错觉,我们已经到了我们想要去的泰国。

马子看了看车子说:"来,我们先把车子给扶正了。"

我们三个人费了九牛二虎之力,终于扶正了小奥拓。马子坐进驾驶室,发动汽车,小奥拓开始怒吼,后轮不停地打滑,深陷,溅了我和老文一身的泥。马子下来看了看后轮,又看了看我和老文,表示好像真的没有办法了。

我说:"要不要报警?"

老文说:"这车就这么扔了吧。"

马子说:"这车子是陪我最长时间的东西了,扔掉实在舍不得。"

老文整了整衣服,淡定地说:"那我先走了。"

我看老文走了,便说:"那我也先走了。"

马子一把拦住我们说:"有福同享,有难同当,没有听说过吗?"

老文说:"你等着,我会回来的。"

我也跟着老文说:"你等着,我们会回来的。"

我和老文朝城市的方向走去,马子背对着夕阳看着我们,身后是陷入泥地无法动弹的小奥拓。

第二十六章

夏天的气息已经非常浓烈了,老文说他还是要离开这里,哪怕是在街头弹吉他卖唱,也要去别的城市。老文打算去更南边的城市,譬如广州或者深圳。老文说完这句话,就背着包和吉他出门了。很多我们认为很重要的事情,或者很困难的抉择,对老文来说总是那么随意。在我还没来得及向老文确定,他到底是去广州还是深圳的时候,老文已经走到了楼下。

我跑到阳台对着老文喊:"那你到底去广州还是去深圳呢?"

老文第一次用大嗓门对我说:"北京啊。"

我说:"你自己说广州或者深圳的啊。"

老文说:"那就去云南吧。"

我说:"老文,你给个确切的地方,等我混好了来找你。"

老文说:"再见啦!"

我趴在阳台上,看着老文渐渐远去的背影,回到屋子里拿了钥匙,然后也走出了门。我出了门不知道去哪里,就朝着望西街的方向走去。走了很久,大概老文已经坐火车出了浙江省,我才看到熟悉的街道。

我经过原来居住的小区,似乎隐隐约约听见保罗大妈和王素珍的声音,却一直没见到人。再往前走,经过那所三流大专,校门口稀稀落落地走过一群学生,那些人似乎长得跟阿叉和艾森很像。在我经过复旦高中的时候,我发现里面一片空荡荡,似乎整个校园一个人都没有。此时,热烈的阳光让我睁不开眼睛,我突然意识到暑假已经来临,这也就意味着高考早已经结束了。那乐珊呢?她到底怎么样了?我想打电话给乐珊,但想了想,还是发条信息比较合适,编辑了很多的话,最后还是一一删掉了。

这个时候我的后背突然被拍了一下。我在阳光下恍惚了两秒钟,李百威的脸很清晰地出现在我面前。李百威开口就说:"太巧了,真的太巧了,正要找你呢!"

我说:"什么事?"

李百威说:"高中终于念完了,我也不去念书了,以后就跟你混了。"

我说:"我自己都没法混。"

李百威说:"大哥都是这么谦虚的。"

炙热的阳光照得我一阵阵晕眩,我突然发现时间已经过去了很久,我们应该重新开始一段新的生活,或者我们应该像那些所谓的成熟的人一样,思考一下我们的未来,或许未来不一定很美好,但是不思考未来的人更加不美好。我本来想把这些话说给李百威听的,李百威又拍了拍我的肩膀问:"你说我们能干点什么?"

我真的不知道我能干点什么。我和李百威在一起待了半个暑假。我说:"我已经不过暑假了,早就没有暑假的概念了,甚至经常忘记具体的日期。"李百威说,这说明我是一个有故事的人,然后让我给他讲讲我的那些人生故事。我说:"晃啊晃啊,时间就过去了。"李百威说:"我已经在学校里待了十几年了,我想去更远的地方。"我说:"北京、上海,还是广州、深圳?"李百威一脸单纯地说,那些地方都太近了,他想去美国。我看着李百威一脸单纯又认真的表情,跟老文一样淡淡地说,那就去美国吧。

夏天已经过去一半,那天晚上我在听朴树的音乐,是一首叫《New Boy》的歌曲,这是朴树在二十世纪末发行的歌曲,现在应该叫《Old Boy》了。我单曲循环了好几遍,突然被一阵电话铃声打断。电话是乐珊打来的,我迟疑了两秒钟接了电话,乐珊问我,现在有空吗?我说,你说吧。乐珊说,江滨公园见。我说,等我,马上到。

我狂奔了一段路之后,拦了一辆出租车,以最快的速度到达江滨公园。很多人都说高考之后,大家好像都变了一个人似的。见到乐珊的时候我还是惊讶了一下,她的变化太大,好像一夜之间成熟了许多,当然这是一种高三女生即将变成大一女生的成熟。无论如何,乐珊都是越来越漂亮了。

我说:"比之前更漂亮了。"

乐珊微微一笑说:"谢谢。"

我说:"江滨公园和以前一点区别都没有,变化最快的还是人。"

乐珊说:"但你没变。"

我说:"你考上哪个学校了?清华还是北大?"

乐珊说:"都不是,是西北的一个大学。"

我说:"那么远,具体是哪个大学?"

乐珊说:"怎么?你要来看我?"

这时候我收到一条马子发过来的短信:"再也不信你们这帮狐朋狗友了,我和金总去云南了。"我没有回。

我说:"你想让我去看你吗?"

乐珊说:"我是来跟你告别的。"

我说:"是因为要去上大学而告别,还是向过去告别?"

乐珊说:"向你告别。"

我说:"如果我还是喜欢你呢?"

乐珊说:"能有喜欢的人挺好的。"

乐珊看着江面,对面是灯光璀璨的高楼。我说:"那晚我们分别之后,你回去发生了什么?"

乐珊说:"没什么,就是开始拼命复习,除了高考什么事情都是次要的。"

我说:"你周围的人对你的失踪没有反应吗?"

乐珊说:"有,我还跟他们说了你。"

我说:"结果呢?"

乐珊说:"没有结果,人在十八岁的时候心里有过一个很重要的人,也是一段很美好的体验。"

我说:"但你永远十八岁。"

乐珊笑笑说:"那是在你心里,在别人心里我要不断地长大、成熟,也就三四年时间吧,我就要走向社会,工作,然后呢,可能就是结婚生子了吧。"

乐珊这么说的时候,我有点伤感,感觉时间嗖的一下,然后所有人都变了,或者不见了。

我说:"乐珊,你想得太远了。"

乐珊说:"每个人差不多都是这样的。"

我说:"我们怎么有种聊完了的感觉?"

乐珊说:"很高兴认识你啊。"

我说:"这么客套。"

七月末的夏天,乐珊穿着一袭黑裙,我看着她远去,渐渐消失在城市的霓虹中。我沿着江一个人走了很久很久,我拿出手机删除之前的很多信息,无意间看到阿叉给我发的一条短信:我想明白了,事无绝对,爱无偏见,祝你和乐珊快乐。看完这条短信,我朝着乐珊离去的方向看了一会儿,发现很多人和物都晃晃悠悠地远去着。

图书在版编目（CIP）数据

晃荡光年 / 赵挺著 . -- 宁波：宁波出版社，2019.11
ISBN 978-7-5526-3136-4

Ⅰ . ①晃… Ⅱ . ①赵… Ⅲ . ①长篇小说—中国—当代
Ⅳ . ① I247.5

中国版本图书馆 CIP 数据核字（2017）第 322768 号

晃荡光年
赵挺 著

责任编辑	苗梁婕
责任校对	孙秀秀
出版发行	宁波出版社
	（宁波市甬江大道 1 号宁波书城 8 号楼 6 楼　邮编：315040）
印　　刷	宁波白云印刷有限公司
开　　本	880 毫米 ×1230 毫米　1/32
印　　张	7.375
字　　数	155 千
版　　次	2019 年 11 月第 1 版
印　　次	2019 年 11 月第 1 次印刷
标准书号	ISBN 978-7-5526-3136-4
定　　价	42.00 元

版权所有，翻印必究
本书若有倒装缺页影响阅读，请与我社联系调换，联系电话：0574-87248279